neonoir

L'ENFER DE CHURCH STREET

JAKE HINKSON

L'ENFER DE CHURCH STREET

roman

Traduit de l'américain
par Sophie Aslanides

Jake Hinkson est originaire de l'Arkansas. Né en 1975, ce fils de prêcheur baptiste a commencé à boire à l'âge de trente ans. Il vit aujourd'hui à Chicago avec sa femme et un chat qui le regarde écrire.

Titre original :
Hell on Church Street

ISBN 978-2-35178-087-9
NEONOIR n°2

Conception graphique de la couverture : Valérie Renaud

À JR et Amy,
pour m'avoir donné un endroit où dormir

Dieu a tout fait de rien, mais le rien perce.

PAUL VALERY

Partie 1 :

Les méchants et les termites

Chapitre 1

JE travaillais depuis trois semaines dans une usine de plastiques dans le Mississippi lorsque le contremaître – un bouseux à la dentition en décapsuleur du nom de Cyrus Broadway – commit l'erreur de me traiter de connard feignant. Alors bon, je suis peut-être feignant, mais je suis aussi méchant comme une teigne. J'ai fréquenté des prisons et des cellules de dégrisement partout dans ce pays, depuis les cachots poussiéreux à la frontière du désert Mojave jusqu'aux cabanes humides sur une île au large de la côte du Maine. Et personne ne peut m'insulter impunément, même si, pour ce gars-là, ce n'est qu'une plaisanterie. Le temps qu'on me sépare de Cyrus Broadway, je lui avais tellement écrasé la gueule qu'elle n'était plus que de la chair à saucisse. Ses grandes dents de cheval étaient dispersées sur le sol de l'atelier, à côté de lui.

Je ne me suis pas donné la peine d'attendre les flics du Mississippi pour leur raconter. Je suis parti le soir même. J'ai traversé la Louisiane en catimini, je me suis infiltré au Texas, et j'ai fini par me retrouver à traîner autour d'une station Texaco à la sortie de Sallisaw, dans l'Oklahoma. J'essayais de me faire discret, mais après deux jours sans manger, je décidai de chercher quelqu'un à braquer. Je repérai deux femmes, mais braquer des femmes, ça rapporte souvent plus d'ennuis que de fric. Les flics réagissent plus vite quand la victime est une femme, et si ça tourne mal et qu'il faut la secouer un peu... Ah ça, les flics adorent traquer l'agresseur d'une femme et le tabasser. Ça leur donne l'impression qu'ils sont de bons gars.

Alors, j'attendis. Je laissai partir les femmes. Les ados. Les couples. Le vieux bonhomme avec sa camionnette pleine de chiens. J'attendis, mais je commençai à m'impatienter.

Lorsque je repérai le gros, je sus que j'avais trouvé mon pigeon.

Il n'était pas seulement gros. Il serait bientôt, très bientôt même, trop gros pour pouvoir porter des vêtements normaux. Le gras débordait de partout et remplissait sa chemise blanche tendue comme un ballon de baudruche. Ses cheveux étaient d'un blond passé sur les longueurs, comme s'ils avaient été teints à une époque.

Mais il y avait autre chose chez ce type, quelque chose qui en faisait un vrai loser. C'était sa manière de bouger. Il se transportait comme s'il avait été tabassé ce soir-là, comme si chaque pas qu'il faisait était une bataille difficilement gagnée contre la gravité.

Il gara son break déglingué au bout de la rangée de voitures. Je l'observai, tapi dans l'ombre. Il sortit, ouvrit la portière arrière et prit son portefeuille de la poche de son manteau posé sur le siège. Sans verrouiller la voiture, il partit vers la station-service. Je regardai depuis l'extérieur. Derrière moi, la route était déserte et plongée dans les ténèbres. Parfois, une voiture passait au loin, puis disparaissait, engloutie dans le silence de la nuit. Au comptoir, mon gros pigeon gras et facile jeta un coup d'œil à sa montre et se frotta les yeux. Il acheta une boîte d'anti-asthéniques à la caféine, trois paquets de cigarettes et un litre de Dr Pepper. Il montra du doigt les ailes de poulet qui rôtissaient sous la lampe et l'employé lui en prépara une boîte.

Tandis que le gros bonhomme sortait et se traînait jusqu'à sa voiture, le caissier s'installa sur son seau derrière le comptoir pour regarder la télé. J'étais presque sûr qu'il ne pouvait pas voir ce qui se passait de l'autre côté. Je sortis mon revolver de mon jean. Pour le moment, il n'y avait pas une voiture aux pompes. Lorsque le gros eut ouvert sa portière, je sortis de l'ombre, me glissai derrière lui et plantai le canon de mon arme dans l'énorme bourrelet de cellulite qui débordait par-dessus sa ceinture.

— Pas un geste, dis-je. Monte dans la voiture.

Il ne bougea pas. Aucun bruit ne nous parvenait de la route, dans notre dos.

J'appuyai avec mon revolver.

— Monte dans cette putain de voiture.

Il s'agrippa à la portière d'une main et posa l'autre sur le toit du break. D'une voix haut perchée, il dit :

— Pourquoi est-ce que vous ne me prenez pas mon portefeuille et ma voiture tout de suite ?

Je lui flanquai un coup de crosse – un bon coup, mais pas trop fort, histoire d'être certain de lui entamer correctement l'oreille. Il s'écrasa contre la portière et les charnières grincèrent ; toute la voiture pencha. Il n'émit pas un son, par contre.

Je lui collai le canon sur la tête.

— Monte dans la bagnole.

La main plaquée sur son oreille sanguinolente, il s'installa, et je grimpai à mon tour. La voiture puait la cigarette et le café. Il démarra et recula, se tenant toujours l'oreille, sans gémir ni pleurer, gardant seulement la main dessus comme s'il écoutait la musique d'un coquillage.

Nous nous éloignâmes de la station-service. Il faisait complètement noir dans la voiture, à l'exception du tableau de bord éclairé en vert. Lorsqu'il arriva à la sortie du parking, je lui dis : "À gauche", et il obéit. Je pensais à un petit champ à environ deux kilomètres, en contrebas d'une colline vaguement éclairée par les lumières d'une usine de câbles. Personne ne pouvait vraiment voir ce qu'on faisait dans ce champ et, s'il n'y avait pas de jeunes bourrés, on serait complètement seuls.

Nous approchions de la bretelle d'accès à l'autoroute, et je lui dis de continuer tout droit.

À peine avais-je terminé ma phrase qu'il vira brusquement pour prendre la bretelle et enfonça la pédale d'accélérateur.

— Tout droit, j'ai dit, putain ! hurlai-je, mais il se contenta d'accélérer.

Je m'apprêtai à le frapper à nouveau, mais il se pencha en avant, autant que sa bedaine le lui permettait. Le gros bourrelet de gras sur son cou ressortit comme un billot entre sa tête épaisse et ses épaules rondes. Il était tellement écrasé contre le volant qu'il pouvait à peine conduire ; nous dérapâmes sur une portion d'herbe et de gravier, et débouchâmes à toute allure sur l'autoroute, à côté d'un camion. Je me jetai en avant et collai le canon de mon revolver derrière son oreille droite.

Pour couvrir le bruit du klaxon provenant du poids lourd, je hurlai :

— Je vais te faire sauter la tête, connard !

— Et après ? demanda-t-il.

Le break avait vraiment l'air d'une merde, mais il en avait sous le capot. Nous étions déjà à 145 km/h et les phares du camion rapetissaient à toute vitesse.

J'appuyai l'arme contre son épaule.

— T'es pas obligé de mourir tout de suite. Ralentis.

— Avec plaisir, répondit-il.

Il ralentit un peu, mais nous étions encore à bonne vitesse.

— Bon sang, dis-je.

J'essuyai quelques gouttes de sueur sur ma lèvre et descendis la vitre.

— Arrête la voiture.

— Non.

— Quoi ?

— Non, je n'arrêterai pas la voiture.

Je remis le revolver sur sa tête, cette fois en enfonçant bien fort le canon dans la partie molle de son crâne, juste derrière son oreille.

— Je recommence ? fit-il en enfonçant la pédale de l'accélérateur.

Je faillis éclater de rire. Calant mon arme sur le dossier de son siège, je lui dis :

— Bon. Et qu'est-ce que tu veux faire, maintenant ?

Il prit une grande inspiration.

— Donnez-moi une seconde, dit-il. Toute cette agitation, c'est difficile à supporter pour un obèse.

Il prit une autre inspiration, expira par le nez et me montra le rétroviseur. Ses yeux étaient bouffis et injectés de sang.

— Vous vouliez me braquer, fit-il.

Les lumières vert pâle du tableau de bord se reflétaient sur son visage. Il avait l'air presque mort.

— Ouais.

— Ça ne va pas être possible.

Je me penchai en avant et lui tapotai l'arrière de la tête avec mon revolver.

— Ça se discute.

— Je ne vais pas vous laisser me braquer, dit-il calmement. Mais je suis prêt à vous donner de l'argent. Un bon paquet d'argent, en fait.

— Mais qu'est-ce que tu racontes ?

Il hocha la tête et revint à une position normale sur son siège, sa tête cognant contre le revolver comme si c'était un fait anodin. Je posai l'arme sur mon genou, mais je gardai le doigt sur la détente. Il ôta le cellophane qui entourait son paquet de cigarettes et en sortit une. Il me tendit le paquet. Je secouai la tête. Lorsqu'il l'alluma, la voiture se remplit de fumée. L'odeur était assez agréable, en fait.

— Finalement, donne m'en une.

Il sortit une cigarette et me la donna. Je l'allumai avec mon propre briquet.

Il reprit :

— Examinons la situation dans laquelle vous vous trouvez. Je conduis. Je vous ai clairement fait comprendre que je n'allais pas m'arrêter et me laisser braquer.

— J'ai toujours mon arme, lui rappelai-je.

— Bien sûr, concéda-t-il. Et c'est toujours moi qui conduis. Ce qui nous met à égalité, je dirais.

— Sauf que je survivrais probablement à un accident. Alors que tu ne survivrais pas à une balle dans la nuque.

— Bien vu. (Sa voix de fillette était haut perchée, mais le ton était ferme.) Retenez cette remarque. Nous y reviendrons dans un instant. Pour le moment, nous sommes dans une impasse. Vous voulez me voler. Je refuse de m'arrêter. Si je nous fracasse contre un arbre ou que je nous envoie par-dessus un parapet, peut-être que vous survivrez mais ce n'est pas sûr. Peut-être que vous perdrez un bras ou une jambe. Mais nous pourrions changer la donne.

— Qu'est-ce que tu veux dire ?

— On pourrait passer un accord, transformer cette agression qui tourne mal en un deal gagnant-gagnant.

Je balançai mes cendres sur sa banquette arrière.

— Je suis tout ouïe.

— Ce qu'il faut que vous compreniez, c'est que je n'ai rien contre l'idée de vous donner de l'argent. Je peux vous donner trois mille dollars tout de suite. Mais je veux quelque chose en échange.

Nous n'avions pas ouvert la fenêtre, ni lui ni moi, et la voiture se transformait rapidement en chambre à gaz roulante.

— Et qu'est-ce que je dois faire pour avoir cet argent? demandai-je.

Instinctivement, je me retournai pour voir si nous n'étions pas suivis. Tout était foiré. Il n'y avait personne à nos trousses, mais je commençais à m'inquiéter.

— Où allons-nous ? demandai-je.

— On roule, dit-il. C'est tout.

Je regardai fixement l'arrière de sa tête et réfléchis. Il y avait quelque chose qui clochait chez lui, mais, d'un autre côté, je n'avais vraiment pas un rond. Je ne pouvais pas l'obliger à arrêter la voiture sans la bousiller, et, s'il provoquait un accident, je pourrais bien me retrouver cabossé, blessé, planté au milieu de nulle part. Je ne pouvais pas faire grand-chose à part attendre et voir ce qui allait se passer. Au moins, nous nous éloignions de l'Oklahoma

— Comment tu t'appelles ? fis-je.

— Geoffrey Webb. Et vous ?

— Alors, qu'est-ce que je dois faire pour avoir ce fric, Geoffrey ?

— Rien. Juste me tenir compagnie un moment. (Il jeta un coup d'œil à son compteur de vitesse.) Oui. Je dirais trois ou quatre heures, au plus.

— Te tenir compagnie en voiture ?

— Oui, détendez-vous. Cela fait longtemps que je n'ai pas parlé à quelqu'un.

Je le regardai avec insistance.

— Et alors ?

Il haussa ses grosses épaules et tira une courte bouffée de sa cigarette.

— Qu'est-ce que tu ne me dis pas ?

— Écoutez, dit-il, je… C'est comment, votre nom ?

— C'est ça, tu crois vraiment que je vais te donner mon nom.

— Je trouve difficile de parler à quelqu'un sans savoir comment il s'appelle.

— Eh ben, tu vas avoir la vie difficile, dis-je.

Je le vis sourire dans le rétroviseur.

— OK, fit-il.

— T'es malade, ou un truc comme ça ?

Il haussa les épaules.

— Pas physiquement.

— On dirait que c'est des grosses conneries tout ça, Geoffrey. J'ai plutôt l'impression que t'es en train d'essayer de me piéger.

Il hocha la tête, entrouvrit sa fenêtre et jeta son mégot.

— Ce n'est pas le cas, mais je crois pouvoir comprendre votre paranoïa. Vous êtes un méchant, je comprends. Vous ne me connaissez pas, vous ne m'avez jamais vu, et voilà que je vous propose de l'argent pour passer quelques heures en voiture avec moi. Mais si vous y réfléchissez une minute, je suis sûr que vous verrez à quel point l'idée d'un piège est absurde.

— Où tu vas ?

D'un sac en papier froissé, il tira une serviette pleine de taches de gras et tamponna son oreille.

— En Arkansas.

Je ne dis rien.

— Vous y êtes déjà allé ?

— Deux ou trois fois.

— Vous avez aimé ?

— Y a rien à y faire à part avoir chaud et transpirer.

Il sourit.

— Je suis sûr que vous allez y trouver votre compte, dit-il. (Il fouilla dans sa poche à la recherche de son portefeuille et le lança par-dessus son épaule.) C'est une proposition simple. Les trois mille sont là-dedans.

J'ouvris le portefeuille. Il était plein à craquer de billets de cent. Je ne les comptai pas, mais il semblait bien y avoir la somme en question. Je regardai à nouveau le gars. Pour une obscure raison, mes mains étaient poisseuses de sueur. Je savais que je pouvais flanquer une sacrée raclée à Geoffrey Webb. Je lui avais déjà mis une belle dérouillée, mais il avait pris la chose comme si ce n'était rien de plus qu'une tracasserie. Il n'avait pas peur de moi, et il n'avait pas peur de mon arme, non plus.

— OK, dis-je. (Je rangeai mon revolver dans la poche de ma veste.) Continue à rouler et ferme-la un peu. Tu me rends nerveux, à bavasser comme ça.

Il ne répondit pas, et nous poursuivîmes notre route en silence. L'Oklahoma défilait comme une grande surface noire insignifiante.

Je l'observai dans le rétroviseur. Il me lança un coup d'œil, puis se concentra à nouveau sur la route.

— Alors, c'est quoi, cette proposition ? demandai-je.
— Que voulez-vous dire ?
— Tu sais ce que je veux dire.
Il sourit.
— Je croyais que vous vouliez que je la ferme.
— J'ai changé d'avis.
— Bien, dit-il. Cela fait des années que je n'ai pas eu une vraie conversation.
— Difficile à croire venant d'un putain de jacasseur comme toi.
— J'ai toujours eu un don pour parler. C'est ce don qui m'a sorti de beaucoup d'ennuis. Beaucoup d'ennuis.
Je le croyais volontiers. J'avais rencontré un paquet d'escrocs, des gars qui pouvaient vous convaincre que la merde sentait la rose. Et Webb parlait comme un filou depuis longtemps retraité, mais qui avait encore du jus.
— Alors, c'est quoi le problème ? demandai-je.
— À partir d'un certain niveau d'ennuis, on ne peut pas s'en tirer par la parole. Certains ennuis sont comme un cancer. Ils grandissent à l'intérieur, rien ne les arrête. Ils poussent sans arrêt, bouffant tout ce qu'ils touchent.
— Et alors ?
— Alors, on meurt. (Il prit une grande inspiration et alluma une nouvelle cigarette.) Je vis déjà comme si j'étais mort depuis des années. Je suis une ombre en marche, comme l'a décrit Shakespeare.
— Shakespeare…
Il me lança un regard dans le rétroviseur.
— Ouais, j'ai lu quelques livres, dit-il. Autrefois, je lisais beaucoup. Je faisais beaucoup de choses.
— Alors, qu'est-ce qui s'est passé ?

— Tu veux l'histoire de ma vie ?

— Par exemple.

Il haussa les épaules.

— L'histoire de ma vie, c'est que j'ai vécu, j'ai merdé, et je vais mourir. Je vais probablement aller en enfer.

J'écrasai mon mégot sur le siège de sa voiture. Il ne parut pas s'en apercevoir. Il était trop occupé à s'écouter parler.

— C'est joyeux, je sais, dit-il, mais c'est la vérité. Je vis comme un termite depuis des années ; je fume, je mange de la merde, je bosse de nuit dans un supermarché. C'est pas une vie. Pas d'amis. Pas de famille. La seule émotion qu'il m'arrive d'éprouver, lorsque j'éprouve quelque chose, c'est la peur.

— La peur de quoi ? Apparemment, t'as pas peur de mourir.

— Non. On peut arriver à un point où la peur de vivre est plus forte que la peur de mourir.

Il resta silencieux pendant un moment. Je n'avais rien à répondre à ça. La vie faisait chier, c'était sûr, mais qu'est-ce qu'il y avait d'autre ? Rien, non ?

— Vivre comme un termite, c'est ma punition, dit-il.

— Pour quoi ?

— Mes péchés.

— Lesquels ?

— Vous voulez savoir ?

— J'ai rien d'autre à faire qu'écouter, en attendant qu'on arrive en Arkansas.

— Je vais vous le dire. Je n'en ai jamais parlé à personne, mais je vais vous en parler, à vous. Quand vous me regardez, vous voyez un gros porc, un loser, une victime facile, c'est bien ça ?

Je me contentai de le regarder.

— Bon, reprit-il. Je ne suis pas intimidant. Croyez-moi, je le sais bien. Mais je ne parle pas d'être intimidant. Autrefois, j'étais le type le plus sécurisant qui soit. Il y a des années, les gens m'aimaient et avaient une telle confiance en moi, vous n'en croiriez pas vos yeux. J'ai connu une confiance dont peu de personnes ont bénéficié. Et je l'ai trahie. Alors maintenant, j'imagine que je mérite la vie de termite qui est la mienne. Je mérite de mourir de la manière dont je vais mourir. J'ai trahi tous ceux qui m'ont fait confiance, et Dieu a jugé qu'il était juste que je sois rabaissé au niveau des termites. Il n'y a pas de pardon ni de bienveillance qui puisse changer ce que j'ai fait.

Il me lança un regard.

Je lui dis :

— Passe-moi les cigarettes, s'il te plaît.

En me les tendant, il eut un drôle de sourire.

— Je vais vous dire pourquoi je vais aller en enfer. Vous vous rangerez rapidement à l'idée que je le mérite.

Partie 2 :

L'enfer de Church Street

Chapitre 2

Commençons par le commencement : j'ai eu un père violent – je sais, les gens dans mon genre ont toujours un père violent, mais nous, on est une sacrée lignée de salopards qui se perpétue. Le péché engendre le péché. Mon père était un ivrogne de la pire espèce, comme son père avant lui, et son père encore avant, probablement en remontant jusqu'à Lot, cet affreux ivrogne de la Bible qui, lorsqu'il était bourré, se tapait ses deux filles. Pas seulement l'une des deux, je vous signale, mais les deux, et apparemment en même temps. Si les partouzes en état d'ébriété avec ses propres filles n'envoient pas directement un homme à la colonie de termites, je ne vois pas bien ce qui le fait.

Bref, mon père était un salopard sadique qui travaillait comme infirmier dans un petit hôpital à la sortie de Little Rock. Il était malin, vous voyez, mais il était malade. Après le boulot, il s'installait sous le porche à l'arrière de la maison et buvait des bières en canardant les arbres avec son .22.

Un jour, j'avais à peu près onze ans, il me dit d'aller ramasser une branche qu'il avait dégommée sur un pin à force de tirer, et, alors que je m'éloignais, il se mit en position de tir. Je regardai derrière moi et je le vis, en train de sourire, un petit sourire tordu qui le faisait ressembler au Joker. Je me mis à trembler.

— Ramasse cette branche, s'écria-t-il sans baisser son arme.

Son œil était caché derrière la mire. Je me mis à pleurer.

— Ramasse cette putain de branche, hurla-t-il. Tu la ramasses tout de suite, espèce de chochotte.

Je me jetai par terre, et il tira. Je me pissai dessus et compris seulement après qu'il avait tiré en l'air. Il ne dit pas un mot de plus sur la branche.

Bon, vous voyez, tout est la faute de mon père.

Pour ce qui est de ma mère, je ne peux pas en dire grand-chose si ce n'est qu'elle était le genre de femme à épouser mon père. Ils divorcèrent lorsque j'avais treize ans. Je restai avec elle, bien sûr, ce qui ne lui faisait absolument pas plaisir, mais elle s'est bien amusée à le traîner en justice pour obtenir des pensions alimentaires. Il ne cessait de menacer de la tuer, ce qui devait l'exciter, au fond, et il fut envoyé en prison quelque temps. Peu après la désertion de mon père, maman me déposa chez sa belle-mère et disparut. La dernière fois que j'ai essayé de retrouver sa trace, j'ai découvert qu'elle s'était longtemps prostituée sur les aires d'autoroute à Texarkana.

C'est mon oncle Ronald – le petit frère de ma mère, un être humain étonnamment sain – qui m'emmena pour la première fois à l'église lorsque j'avais quinze ans. Il n'était pas marrant et il perdait ses cheveux, il avait une grosse femme et un boulot merdique à Maytag, mais il était gentil et il pensait que l'église pourrait me faire du bien.

Et ce fut le cas.

Il est difficile de savoir aujourd'hui si j'aurais été plus mauvais encore sans l'église, puisqu'elle a joué un rôle essentiel dans la décomposition de ma vie. Je ne sais pas. Ce que je sais, c'est que l'adolescent efflanqué que j'étais n'avait pas d'autre endroit où aller. À l'école, j'étais un paria pour la plupart des gens. J'étais très ringard et trop paresseux pour faire mes devoirs, alors on ne me considérait pas comme un être intelligent. Je disais toujours la mauvaise phrase au mauvais moment, alors on ne me croyait ni vif ni drôle. Et pour aggraver encore mon cas, j'avais hérité du corps dégingandé de mon père et du visage ordinaire de ma mère ; je trouvais, personnellement, que je ressemblais à une fille sans le moindre charme. J'étais très mince, à cette époque-là. C'est tout à fait délibérément que je me suis employé à devenir gros. Mais à l'époque, j'étais un tocard, le tocard de tout le monde. J'étais le tocard que même les autres tocards pouvaient regarder de haut, le baume qui renforçait l'estime de soi vacillante de tous.

L'Église baptiste, et en particulier, le groupe de jeunes, changèrent cela. Ce que j'y découvris, ce n'était pas que, tout à coup, j'étais populaire, ou même que, soudain, j'avais des amis. Non, je découvris qu'ils devaient m'accepter. Ils avaient l'obligation de m'accepter. Mon aumônier était un ancien proscrit comme moi, un jeune homme corpulent au visage rougeaud prénommé Leonard. Il me tendit la main, comme on dit, et me dit que Dieu m'aimait.

Bien entendu, je n'en crus pas un mot. Rien, dans les quinze années passées, ne pouvait constituer une preuve de l'existence de Dieu, encore moins une preuve de son amour. Le fait que Jésus-Christ de Nazareth ait été exécuté par l'Empire Romain deux mille ans avant ma naissance me laissait totalement indifférent. Pourquoi ne pas dire qu'il faudrait ressentir l'amour de Dieu parce que John Wilkes Booth a descendu Abe Lincoln d'une balle dans la nuque. D'après les Écritures, on doit regarder le moineau et la manière dont

Dieu prend soin de lui, mais j'en avais vu, des oiseaux morts au bord de la route, le corps dépiauté par les fourmis. Alors, je savais que ce n'était pas vrai que Dieu m'aimait, mais je dis que je le croyais, et je fus baptisé parce que je croyais volontiers, par contre, que les gens de l'assemblée sentaient qu'ils avaient une obligation envers moi. Si c'était une idée quelconque de l'amour de Dieu qui leur imposait le devoir de m'accepter, qu'il en soit ainsi.

Notre paroisse était une modeste assemblée rurale, composée de quelques centaines de personnes seulement qui venaient régulièrement. Le groupe de jeunes en comportait environ une trentaine, et je découvris bientôt que j'étais capable de sortir du rang et de devenir une personne véritablement acceptée, voire, en certaines occasions, aimée. Je découvris même, pour mon plus grand plaisir, que mes amis chrétiens étaient forcés de tenir compte de moi à l'école. Après quinze ans, j'avais enfin trouvé ma voie.

J'avais aussi découvert une profession. Le Frère Leonard devint mon modèle, et en le regardant travailler pendant les années qui suivirent je commençai à comprendre que son boulot était une arnaque écœurante.

Le ministère peut être un métier dur, j'en suis sûr. Les prêtres voient les gens dans leurs pires moments, et on fait parfois appel à eux pour jouer les médiateurs dans des litiges d'une rare violence et être les témoins des plus affreuses tragédies humaines. On attend d'eux qu'ils apportent la lumière dans les ténèbres les plus obscures.

Mais c'est exactement la raison pour laquelle la religion, pour l'essentiel, est une escroquerie. En dépit de toute son histoire et de son prestige, de tous les bâtiments construits pour l'honorer et de tout le sang versé pour la diffuser, la religion n'a rien de différent de la lecture des lignes de la main ou de l'interprétation du marc de café.

Leonard, l'homme au grand cœur et au large sourire, ne travaillait probablement pas plus de trois heures par semaine. Mais il était payé comme s'il en faisait cinquante ! Il entretenait une femme et deux enfants adolescents *en lisant des histoires de la Bible le mercredi soir.* Cet aspect ne fut pas sans importance à mes yeux.

Cela me frappa de plein fouet, comme une inspiration divine. La religion est le boulot le plus génial jamais inventé, parce que personne ne perd jamais d'argent en prétendant parler à l'homme invisible installé là-haut. Les gens croient déjà en lui. Ils acceptent déjà le fait qu'ils lui doivent de l'argent, et ils pensent même qu'ils brûleront en enfer s'ils ne le paient pas. Celui qui n'arrive pas à faire de l'argent dans le business de la religion n'a vraiment rien compris.

Chapitre 3

Quelques mois après avoir fini mes études supérieures, je trouvais un premier emploi comme aumônier à l'Église Baptiste pour une Vie Meilleure dans la partie sud-ouest de Little Rock. Ils étaient à la recherche de quelqu'un pour encadrer leur groupe de jeunes, et Leonard connaissait le pasteur et se disait qu'il parierait volontiers sur un gamin à peine sorti de l'école.

Leonard m'avait convaincu de la nécessité de passer par un *community college* pour suivre un cursus de deux ans en communication. Les cours étaient rasoir, sauf le cours de rhétorique, qui était terrifiant. Mais je réussis à m'en sortir, et j'appris quelque chose de précieux sur moi-même : j'étais capable de prendre la parole devant un public. La première fois que je me levai pour parler, ma voix disparut. Lorsqu'elle revint, on aurait dit celle d'un petit oiseau timide. Mais lentement, j'appris à me détendre. Je trouvai mon rythme de croisière lorsque je compris la première vérité fondamentale de cette vie : la plupart des gens veulent seulement que vous leur disiez ce qu'ils ont envie entendre. Vous pouvez vérifier, vous découvrirez que c'est vrai. Ils sont contents que vous mainteniez simplement l'équilibre dans leur vie.

Une fois que je compris comment faire cela – et en fait je le faisais déjà à une plus petite échelle, avec des gens comme le Frère Leonard –, je fus fin prêt.

J'allai en voiture à Little Rock, dans la neige, et je rencontrai le pasteur, que je laissai me jauger. C'était un type pas très futé appelé Frère Card, un crétin, mais il ne le savait pas et j'évitai de le lui dire. Il n'y a pas plus idiot que celui qui pense qu'il est sage, alors je sus d'emblée que Frère Card n'allait pas me causer le moindre ennui.

La première fois que je le vis, il était assis à son bureau en train d'imprimer le plan de son sermon. Il faisait froid dans la pièce parce qu'il essayait d'économiser sur sa note de chauffage. Ça vous en dit long sur l'église. C'était un édifice délabré doté d'un petit sanctuaire, d'une poignée de salles de classe, d'une salle de réunion où le groupe de jeunes se retrouvait le mercredi et d'un bureau minable, celui du pasteur. J'entrai et frappai à la porte.

— Frère Card ?

Il quitta son clavier des yeux. La vieille imprimante posée sur le bureau à côté de lui se mit à cracher son sermon en faisant un bruit de ferraille.

— Oui, dit-il.

Malgré le froid, son crâne à moitié chauve luisait de sueur.

Je lui dis qui j'étais.

Il sourit et se leva. Il était plus grand que moi, n'avait pas de menton et un ventre rond qui remplissait un T-shirt rouge sur lequel on pouvait lire : ET SI ON PARLAIT DE JÉSUS ?

— Heureux de vous voir, dit-il. (J'approchai de son bureau et nous échangeâmes une poignée de main.) Vous êtes un protégé de Leonard, c'est bien ça ?

Il me désigna le fauteuil destiné aux visiteurs face à son bureau.

Nous nous assîmes et je répondis.

— Oui, monsieur.

— C'est un brave type, ce Leonard.
— Oui, monsieur.
— Un bon serviteur du Seigneur.
— Oui, monsieur, vous avez raison.
Vous voyez le genre. Card me dit qu'il me faudrait rencontrer les paroissiens et le groupe de jeunes, et qu'ensuite l'Église voterait.
— Oui, monsieur, je comprends. Je suis très optimiste quant à ma venue ici. Le Seigneur m'a fait savoir sans ambiguïté qu'il voulait que je sois ici.
Card hocha la tête et éteignit son ordinateur. Puis il s'adossa confortablement à son fauteuil.
— Le poste d'aumônier est extrêmement important, dit-il en joignant les extrémités de ses doigts. Je n'insisterai jamais assez sur ce point.
— Oui, monsieur.
— Les défis auxquels sont confrontés les jeunes d'aujourd'hui sont les plus difficiles qu'ait eu à gérer une génération depuis la naissance de notre pays.
— Absolument, répondis-je. Ils ont plus que jamais besoin de conseils.
— Vous avez mis le doigt dessus, jeune homme. Avec la télévision, la musique et les magazines qui envahissent…
— Tout ce sexe, toute cette violence…
Il hocha tristement la tête.
— Exactement. Il faut que nous combattions toutes ces choses. L'Église doit faire face à un adversaire d'une puissance incroyable.
— Oui, monsieur. C'est vrai.
— Tout en affirmant clairement que c'est notre côté qui l'emportera.

— "Aucune arme forgée contre moi ne prospérera", énonçai-je.

— Amen, ajouta-t-il avec un sourire. J'ai une bonne intuition vous concernant.

Je rencontrai les autres membres de l'église le dimanche suivant et le groupe de jeunes le mercredi d'après. Ce ne fut pas très difficile. Je leur dis juste ce qu'ils avaient envie d'entendre. Je donnai un court sermon le mercredi. Mon meilleur discours de campagne, le plus généraliste. Un bon sermon pour les jeunes, d'après moi, comportait trois parties : 1) le monde est le mal, 2) vos parents et l'Église sont le bien, 3) vous devez choisir entre 1 et 2.

Bon, j'ai plus d'éloquence que ça, ou j'en avais, mais voilà les éléments de base. Je peaufinai le tout avec l'histoire tragique de mon enfance et le récit glorieux de mon salut, et il s'en fallut de peu qu'ils m'applaudissent à la fin. C'était exactement ce que les gens voulaient entendre et le tour fut joué. Les membres de l'Église Baptiste pour une Vie Meilleure m'élirent comme aumônier responsable des jeunes.

Après, tout le monde vint me serrer la main, et ce fut la première fois que je la vis.

Elle avait seize ou dix-sept ans, et elle était presque invisible. Sans attrait, grosse, elle errait au milieu des gens de son église sans toucher personne. Silencieuse, elle gardait la tête baissée. Ses cheveux, d'un blond si clair qu'ils en devenaient presque incolores, lui tombaient sur les épaules. Lorsqu'elle s'approcha pour me serrer la main et qu'elle leva ses yeux bleus et vides vers moi, ses lèvres épaisses se départirent de leur moue crispée pour former quelque chose qui pouvait passer pour un sourire nerveux, et elle me lança un bref "Enchantée" de pure forme. Mais à l'instant où nos mains se touchèrent, je fus embrasé d'un désir irrésistible pour elle. Comment puis-je l'expliquer? Elle n'était pas jolie, et elle n'était pas vêtue de manière suggestive. En fait, son sweat-shirt d'un vert terne et sa longue jupe en jean paraissaient conçus pour la rendre aussi sensuelle qu'une plaque de plâtre. Était-ce parce qu'elle était si peu séduisante qu'elle était si facile à attraper? Ce soir-là, je fis la connaissance d'autres filles, de jolies filles, et aucune ne provoqua la moindre émotion chez moi. Avec son visage triste et ses vêtements informes, cette fille me paraissait tout simplement plus réelle. Disons qu'elle me parut, à ce moment-là, plus réelle que n'importe quelle autre personne que j'avais rencontrée dans ma vie.

Rien dans son visage ne trahit le moindre désir, la moindre connivence. Elle lâcha ma main et s'éloigna. Je la regardai partir, mais me retins de la fixer bêtement trop longtemps, et je repris mes poignées de main avec les autres membres de l'assemblée.

Pourtant, j'étais un autre homme. Je ne pensais plus qu'à elle. Je savais qu'il s'était passé quelque chose, quelque chose de merveilleux, de terrible, aussi. Tout autour de moi, dans toutes les directions, la solitude, cet immense vide, s'était étendue. Toute ma vie, je n'avais été qu'un grain de poussière dans un monde infini de blanc. Mais lorsque je la vis, je me dis que la situation avait peut-être changé.

Je savais aussi quels dangers se profilaient à l'horizon.

Je réfléchissais à tout cela lorsqu'une femme corpulente aux cheveux teints en noir s'avança jusqu'à moi et se présenta :

— Sœur Card.

— Sœur Card, je suis si heureux de vous rencontrer, dis-je en sortant brutalement de ma rêverie.

Je léchais rapidement les bottes de toutes les personnes qu'il fallait, à l'époque. La femme du pasteur était quelqu'un qu'il se révélerait rentable de flatter.

Elle se cramponna à ma main de cette manière que les gens d'église ont souvent. J'avais remarqué que Leonard maîtrisait l'art de la conversation-la-main-tenue à la perfection.

Je lui tins la main aussi et souris, hochant la tête tandis qu'elle ajoutait :

— Nous sommes si contents de vous avoir. Il faut que vous veniez dîner un soir, cette semaine.

— J'en serais ravi.

Un beau jeune homme vint se glisser à côté d'elle et nous dit :

— Je suis désolé de vous interrompre, mais il faut que je m'en aille, et il n'est pas question que je parte sans avoir salué le nouveau venu.

Sœur Card lâcha prise. J'avais la main poisseuse et nauséabonde ; je l'essuyai le plus discrètement possible sur ma jambe tandis qu'elle me présentait le jeune homme.

— Voici Nick Hargrove, l'un de nos diacres, dit-elle. Nick est un jeune homme tout à fait brillant.

Je rangeai cette information dans un dossier au fond de ma tête. Les beaux jeunes gens posent souvent problème.

Nick se contenta de hausser les épaules. Il était grand et dégingandé, avec un grand nez et d'épais sourcils, mais tous ces éléments se combinaient finalement pour former un tout harmonieux, comme par un effort de sa volonté.

— Je fais ce que je peux, dit-il. Je veux juste que vous sachiez qu'on est tous avec vous. (Puis il me donna la poignée de main enthousiaste typique de l'ancien sportif.) On compte sur vous pour aider ces enfants à grandir.

Je ne vais pas me couvrir de honte en vous répétant les tissus de lieux communs éculés, genre Vincent Lombardi reprenant l'apôtre Paul, dont je l'abreuvai, mais il sembla apprécier. Il nous salua et partit.

— Un homme bien, me dit Sœur Card. Un jour, il sera à la tête de cette église.

Elle traversa mon champ de vision derrière Sœur Card, qui lui fit signe d'approcher. La fille pivota et s'avança vers nous. Les battements de mon cœur ralentirent et je sentis la sueur couler sur mon crâne. Elle me regarda et sourit – un sourire poli, mais un sourire qui faillit me faire tomber. Sœur Card dit :

— Vous avez rencontré notre fille, Angela.

Je faillis laisser échapper un glapissement en entendant ses paroles.

— Oui, je crois que nous nous sommes vus.

Angela ne m'adressa pas un regard et dit à sa mère :

— Je vais dehors.

— OK, répondit Sœur Card. (Elle regarda sa fille quitter la pièce. Puis elle me tapota dans le dos.) Ça lui fera du bien, je pense, d'avoir un autre modèle positif dans cette église.

— Je l'espère, dis-je.

— Alors, si vous veniez dîner mardi soir ? Cela vous conviendrait-il ?

— Ce serait divin, répondis-je.

Je passai la journée suivante à installer mes nouveaux quartiers. On m'avait attribué une petite maison blanche à bardeaux qui était à moins de cinq minutes du presbytère de Frère Card et à dix minutes de l'église. Nous étions tous situés sur Church Street; j'étais à un bout, les Card au milieu, l'église à l'autre bout. Ma petite bicoque était à l'origine la demeure d'une vénérable dame de l'assemblée, qui avait explicitement stipulé dans son testament que sa maison fût réservée à l'aumônier ou vendue au profit du groupe de jeunes.

Frère Card m'expliqua que la vieille dame se sentait investie d'une "mission envers les jeunes gens", ce qui, en langage d'église, veut dire "elle aimait les jeunes", et il n'avait jamais envisagé l'idée de vendre la maison.

Alors je m'y installai, sans avoir à payer de loyer. La maison était trop petite pour qu'y vive plus d'une personne, et elle sentait l'antimite et le vieux linge, mais je la débarrassai des odeurs en aérant, en faisant brûler des bougies, et j'y mis mes affaires. Nous n'étions pas encore à l'ère d'Internet, et à ce stade, j'avais une collection de cassettes vidéo porno conséquente. Je savais que la découverte de ce petit trésor signifierait la fin de ma carrière, alors je la rangeai dans une malle verrouillée au fond de mon placard. Le magnétoscope était installé dans ma chambre et la clé de la malle était au fond de ma poche.

Mais cette nuit-là, cependant, tandis que j'étais en train de regarder un film montrant une femme couchant avec deux hommes, mon esprit se mit à vagabonder. Je pensai à Angela – il ne s'agissait pas de pensées pornographiques, comprenez-moi. C'était des pensées pures, des pensées de mariage, de bébés. Je ne suis pas un monstre, vous savez. Je rêvais d'être marié à Angela, de devenir pasteur et d'inviter le groupe de jeunes à la maison pour regarder des vidéos chrétiennes et manger du pop-corn. Des rêveries banales, vous comprenez. Des rêves de normalité et de vertu. Tandis que la femme sur l'écran était transformée en éponge humaine, je rêvai de tenir la main de ma douce Angela et de lui dire à quel point je l'aimais.

Alors, vous voyez, au départ, j'avais de bonnes intentions.

Chapitre 4

Lorsque j'arrivai chez les Card pour dîner, je portais un pull à col roulé, un pantalon propre et des mocassins neufs. J'avais l'air d'un intello coincé, mais c'était utile, aussi. J'avais un peu forci depuis le lycée, mais j'étais encore gringalet, maigre et pâle, et mes cheveux avaient commencé à se clairsemer. Je portais des lunettes et j'avais tenté de me laisser pousser la barbe, mais il ne se passait pas grand-chose à ce niveau-là. Mon menton refusait de produire plus que quelques filaments pathétiques, alors je renonçai à essayer de ressembler à ce qu'un homme croit être l'homme idéal, et je choisis l'apparence frêle, sensible. Les gens semblaient apprécier, tout compte fait. Les femmes n'étaient pas attirées par moi, bien sûr, mais je semblais inoffensif (tout comme mes actes), et généralement les gens me voyaient ainsi.

On peut ramener tout cela à la fameuse vérité essentielle de la vie dont je parlais tout à l'heure. Les gens voulaient que je sois un intello coincé. Ils voulaient que je sois inoffensif et docile. Le masque de timidité que je portais les rassurait : oui, on sait qu'il est bien. Il suffit de le regarder. Les femmes pouvaient supposer que j'étais gentil ; les hommes, que j'étais faible. C'était ce que tout le monde voulait ; grâce à moi, ils se sentaient tous bien. Et bon sang, parfois, je me sentais bien rien qu'à l'idée qu'ils se sentaient bien grâce à moi.

Sœur Card vint ouvrir la porte vêtue d'un T-shirt sur lequel étaient dessinés des chiots. Elle sentait l'oignon et, dans sa main gauche, elle tenait un couteau de boucher. Baissant les yeux, je fis comme si je découvrais la présence du couteau.

— J'espère qu'il ne m'est pas destiné, dis-je.

Elle jeta un coup d'œil sur le couteau et éclata de rire.

— Non. J'ai complètement oublié que je le tenais. Pardon, ça doit faire bizarre.

Je secouai la tête et elle me fit entrer. Il faisait chaud et toutes les lampes étaient allumées. Les murs étaient ornés de reproductions de petites maisons de campagne de Thomas Kinkade. La télévision braillait dans le salon, mais personne ne la regardait.

Elle désigna un grand canapé bleu.

— Asseyez-vous, si vous voulez. Frère Card sera là d'une minute à l'autre.

Je dis d'accord, mais je trouvai étrange qu'elle me relègue dans le salon. J'interprétai la chose comme un signe qu'elle ne m'aimait pas – un soupçon qui me trompais rarement.

— Voulez-vous quelque chose à boire ? demanda-t-elle en repartant vers la cuisine. Nous avons du Coca et du thé glacé.

— Non, merci, répondis-je.

Je m'installai sur le canapé, et elle battit en retraite vers la cuisine. Je la regardai s'en aller. De là où je me trouvais, je voyais une bougie parfumée en train de brûler au milieu d'une longue table de salle à manger.

Je regardai autour de moi. La table basse était en fer forgé avec un plateau en verre fraîchement lavé. Sur le téléviseur, des gorilles gonflés aux stéroïdes couraient après un ballon de football sur un champ enneigé tandis qu'une foule de décérébrés congelés les encourageait de la voix. Me détournant de ce spectacle, je remarquai des photos de famille accrochées au mur. Je me levai et allai les examiner.

La voilà. Angela – ou toute une collection de différentes Angela, comme des variations sur un même thème : une petite fille avec des couettes blondes et un T-shirt Pac-Man, tenant un pinceau et une tortue à la carapace rose brillante ; une gamine d'une douzaine d'années boutonneuse avec un ventre proéminent et un soutien-gorge de sport à peine perceptible, debout avec son frère aîné devant la maison ; et enfin, une adolescente boudinée dans un costume de majorette, un sourire sur son large visage tandis qu'elle pose avec une pom-pom girl beaucoup plus mince et jolie. Je plongeai mon regard dans le sien. Y avait-il quelque chose à y voir ? Quelque chose qui appelait au secours ?

— C'est le mur familial, dit-elle.

Je me retournai ; elle se tenait à l'entrée d'un long couloir. Elle portait un T-shirt bleu uni et un short.

— Ouais, dis-je d'un ton neutre. (Je désignai la photo de famille au milieu.) C'est votre frère ?

Elle hocha la tête.

— Ouais. Gabe. Il a vingt-sept ans.

— Hmm. Et où se trouve-t-il ?

Elle parut peu intéressée par la question et elle s'écroula sur le fauteuil rembourré à côté du canapé.

— Il est à l'université dans l'Illinois.

Les mains sur les cuisses, les genoux bien serrés, elle gardait les yeux rivés sur la télévision.

Je m'assis sur le fauteuil voisin du sien. J'avais les mains moites et mon crâne me démangeait.

— Vous aimez le football ? demandai-je.

Plissant son front délicat, elle dit :

— Pas vraiment, mais c'est le seul téléviseur de la maison. Mon père aime bien regarder.

Étant un fin observateur des gens, je notai que le terme "mon père" (à la différence de "papa") était distant. C'était un titre, pas un nom. Cela n'était pas nécessairement signifiant, mais c'était quelque chose à garder dans un coin de la tête.

— Mais pas vous, dis-je.

— J'aime le basket-ball, dit-elle en souriant.

Quelque chose dans la manière dont elle me le dit me laissa supposer qu'elle était amoureuse d'un joueur de basket.

— Le basket-ball, c'est cool, dis-je.

— Vous avez fait du sport ? demanda-t-elle.

— Non, dis-je. J'ai les qualités physiques d'un hippopotame.

Elle rit – un joli petit gloussement involontaire. J'étais content qu'elle ne semble pas prendre mon sarcasme comme une plaisanterie sur les gros.

Sœur Card entra dans la pièce. Elle avait toujours ce satané couteau de boucher à la main.

— Qu'est-ce qui vous fait rire ? demanda-t-elle, un sourire collé sur la figure.

Pouvait-elle lire dans mes pensées ?

— Rien, dit sa fille.

Son ton n'était pas boudeur, mais toute la chaleur disparut.

— Eh bien, viens donc m'aider à finir de préparer le dîner, Angela, dit Sœur Card.

La fille me lança un coup d'œil, et pour lui répondre, je dus marcher sur des œufs. Je ne pouvais pas lever les yeux au ciel – ç'aurait été trop –, mais je lui adressai un petit sourire qui pouvait être interprété par la mère comme "À tout à l'heure, fillette. Obéis à ta mère", mais pouvait aussi être compris par la fille comme "Je la trouve idiote, moi aussi".

Je réussis, elle me rendit mon sourire ; elle passa à côté de Frère Card en sortant de la pièce. Nous échangeâmes une poignée de main, lui et moi.

Il portait un pantalon de toile et une chemisette boutonnée jusqu'au col ; on aurait dit qu'il arrivait tout juste de l'église.

— Désolé d'avoir été si long, dit-il. J'étais au téléphone avec Mme Dyess.

Je ne vous ennuierai pas avec la conversation inepte qu'il me fit subir pendant les quinze minutes suivantes, mais elle concernait pour une grande part cette Mme Dyess, une vieille veuve de l'assemblée qui luttait contre un cancer en phase terminale. Je fis semblant d'être intéressé (non, concerné, ému même), citai les Écritures et promis de prier pour elle. Card, satisfait, finit par s'installer confortablement dans son fauteuil pour regarder la télévision.

— Votre fille m'a dit qu'elle n'aimait pas le football, dis-je.

— Ah oui ?

Il regarda le quarterback qui s'apprêtait à lancer.

— Elle a dit qu'elle préférait le basket.

Il se tourna lentement, puis me regarda, puis lança un autre regard vers la porte de la cuisine. On entendait couler de l'eau et un micro-ondes biper. Se penchant vers moi, il dit :

— C'est ce garçon à l'école. Il fait partie de l'équipe de basket. (Il secoua la tête.) Frère, on ignore ce que sont les soucis avant d'avoir un enfant, en particulier une fille. Avec mon fils, Gabe, ça s'est toujours bien passé. Il avait de bonnes notes, il gardait la tête froide avec les filles, et maintenant il fait des études pour devenir parodontiste. Je suis sûr qu'il a un peu mené la grande vie, mais il ne s'est jamais éloigné de l'Église, il est toujours resté proche de Dieu. (Il baissa la tête.) Mais Angela…

— Vous avez eu des problèmes avec elle ?

Il fit un mouvement du menton vers la pièce voisine, puis se leva. Je l'imitai et nous traversâmes la cuisine ; Sœur Card était en train de sortir un plat couvert de papier aluminium du four et Angela, assise devant l'îlot central, faisait tournoyer une pince à salade sur son index. Sœur Card annonça qu'il nous restait cinq minutes avant que le dîner soit servi. Angela me suivit des yeux tandis que j'emboîtais le pas à son père. Nous passâmes une porte et entrâmes dans le jardin. L'air était mordant, mais Frère Card y était indifférent. Je fourrai mes mains dans mes poches.

— Elle n'a jamais eu la tête sur les épaules comme Gabe, dit Frère Card. (Il passa ses pouces dans les passants vides de son pantalon et émit un sifflement.) Je ne sais pas. On prie pour eux, on les élève dans les enseignements du Seigneur, mais, au final, il faut qu'ils prennent leurs décisions seuls.

— Qu'est-ce qui suscite votre désapprobation chez ce garçon de l'équipe de basket ? demandai-je.

Il prit une profonde inspiration.

— Il est catholique. (Secouant la tête, il poursuivit :) Je lui ai parlé. J'ai fait venir Angela dans mon bureau à l'église, comme je l'aurais fait avec n'importe qui, et je lui ai dit : "Crois-tu que Marie était une sorte de déesse ?" et elle a dit : "Non". Et j'ai dit : "Vois-tu un seul endroit dans la Bible où on nous dit que nous devrions prier des statues ?" Et elle a dit : "Non". "Alors, crois-tu que nous devrions nous engager avec des gens qui le font?" À nouveau, elle a dit: "Non". Alors, je lui ai expliqué que sortir avec un garçon était quelque chose d'important et qu'on ne devrait pas sortir avec ceux qui n'ont pas été sauvés parce que le Seigneur nous dit de ne pas nous mettre avec les infidèles sous un joug étranger.

— Qu'a-t-elle répondu?

Il secoua la tête et donna un coup de pied dans un caillou.

— Oh, elle a essayé de me dire que les catholiques n'étaient pas des idolâtres, des ivrognes, n'étaient pas des adorateurs de ce païen à Rome.

Brusquement il me regarda, cherchant mon approbation de manière si lisible que j'eus envie de lui éclater de rire au nez. La seconde vérité fondamentale de cette vie est la suivante: on ne fait vraiment confiance qu'à ceux qui ont les mêmes préjugés que soi.

— Le catholicisme est la plus grande secte du monde, dis-je.

Il hocha vigoureusement la tête. Il régnait un froid glacial, mais il ne semblait pas le remarquer.

— Je suis d'accord, dit-il. Et ce n'est pas intolérant de le dire, n'est-ce pas?

— Absolument non. Nous sommes censés proclamer la vérité.

Tout son corps bougea en signe d'approbation, la tête de haut en bas, les mains frottées l'une contre l'autre, les pieds se rapprochant de moi.

— Exactement. Je lui ai dit ça aussi. La vérité est Jésus, rien d'autre. Ni pape, ni prêtre, ni statue de Pierre. Il n'y a que Jésus, et une fois qu'on passe à côté – ou dès qu'on essaie de lui ajouter des choses ou de lui en retirer – il n'y a plus qu'un pas avant de tomber dans un abîme de néant.

Je frissonnais, mais il ne s'en rendait absolument pas compte. Espèce de connard avide, me dis-je. Tu ne remarques même pas que l'hypothermie me guette. T'es là, à me fixer et à me parler de ta fille et de ton désir de la protéger des putains de catholiques. T'es malade ou quoi ? T'es pas crétin à ce point, quand même ?

Il continua à tempêter contre les catholiques, s'interrompant de temps en temps pour m'assurer qu'il ne les détestait pas, et pendant tout ce temps-là j'avais affreusement froid, mes doigts et mon nez commençaient à brûler.

Finalement, mon salut vint de la porte qui s'ouvrit. Elle se pencha sans sortir de la cuisine bien chauffée et dit :

— Eh, les deux Esquimaux, le dîner est servi.

Son père lui adressa un petit sourire.

— Merci, chérie.

Elle referma la porte et le sourire de Frère Card prit une tonalité triste pour la première fois.

— Et bien sûr, le pire, c'est que ce garçon la rejette complètement. Il la trouve grosse.

Le dîner fut instructif. Sœur Card avait préparé une sorte de ragoût de viande et elle le servit avec des légumes et du pain à l'ail. Frère Card parla de l'équipe de football du coin et des gens de notre église. Je tins ma partie de la conversation, m'étendant sur les groupes et rassemblements de jeunes et sur la nécessité de mettre en place de meilleurs programmes d'aide sociale au niveau national à l'intention des jeunes – les jeunes, les jeunes, les jeunes. Angela participait de temps à autre, mais le plus souvent elle paraissait distraite, pensant, je le supposais, à son joueur de basket catholique.

Sœur Card ouvrit à peine la bouche, et je sentais que c'était inhabituel. Elle ne m'affronta jamais directement, mais toute son attitude à mon égard était distante. Elle me regardait rarement et, lorsque c'était le cas, son regard était fixe, insistant. "Vraiment?" commentait-elle. Ou: "Ah oui?" Ces minuscules répliques contenaient une acidité à peine perceptible. Lorsque arriva le moment pour moi de partir, elle parut totalement soulagée. Elle ne dit rien, bien entendu, mais je savais que j'avais échoué à un test avec elle. Elle était de ces gens qu'on peut offenser sans jamais savoir comment cela s'est produit.

— Au revoir.

Ce fut tout ce qu'Angela dit avant de tourner les talons et partir dans sa chambre. Je regardai s'éloigner ce jeune corps plein de vie et d'énergie. Elle n'était pas jolie, mais pas laide non plus. Elle avait besoin de perdre du poids, vingt-cinq ou trente kilos, peut-être plus, mais elle était encore en bonne santé et jeune, et à sa manière, mignonne. Mon corps bondit lorsqu'elle dit "Au revoir", avant de pivoter, les cheveux au vent. Je la voulais, je voulais la conquérir, je voulais cette jeunesse débordante pour moi et moi seul.

Elle tourna les talons et l'instant explosa. Son corps sous ses vêtements, ses cheveux, sa voix – "Au revoir" –, sa manière de m'oublier complètement. Je savais qu'elle ne pensait pas à moi au moment où elle partait. Elle avait dix-sept ans, elle était amoureuse d'un crétin de son lycée, d'un gamin, et j'étais son aumônier intello. Je travaillais pour son père. J'étais l'ami de son père. Mais elle m'aimait bien, et elle n'aimait pas beaucoup son père, à ce moment précis. Elle avait déjà confiance en moi et elle pourrait en arriver à me faire encore plus confiance, jusqu'à ce qu'un jour elle ait confiance en moi comme en personne.

Elle se retourna (et se retourna, et se retourna) et je voulais aller avec elle, la suivre dans le couloir, dans sa chambre, dans son intimité, dans son âme.

Ou serait-ce quelque chose que je vous raconte seulement pour me donner de l'importance ?

Toute ma vie a été une longue série de mensonges embrouillés pour me faire paraître meilleur que ce que je suis. Peut-être que je l'aimais et que je voulais passer ma vie avec elle. Peut-être que je voulais juste la suivre dans cette chambre, lui arracher ses vêtements et la jeter sur le lit. Peut-être que son corps – si imparfait soit-il – était tout ce que je voulais, finalement. Je ne sais plus, en fait. Toutes ces choses sont inextricables aujourd'hui. J'arrive péniblement à voir un mélange de vérités et de mensonges dans le passé, mais la distinction originelle entre vérité et mensonge a disparu depuis longtemps. Et il m'est encore plus difficile de me rappeler ce que je ressentais. Je suis certain d'avoir éprouvé de l'amour. Et certainement, à un moment donné, j'ai agi avec générosité.

Mais ce n'est pas ce dont je me souviens. Ce dont je me souviens, c'est de l'envie bestiale. Peut-être que je voulais juste cet instant où je la posséderais. Peu importe avec quelle conviction je formule le contraire, peut-être que ce moment est ce qui compte le plus pour quelqu'un comme moi.

Chapitre 5

Il me fallait un plan. Jusque-là, ma vie avait été menée sans plan d'envergure. Elle avait avancé, étape par étape, à petits pas, chacun de ces pas conçu pour assurer une petite dose de réconfort contre la dureté et les horreurs de ce monde. Le ministère était un emploi facile. J'étais entouré de gens gentils – disons, gentils entre guillemets – tout le temps. Je leur donnais ce qu'ils voulaient, et ils prenaient étonnamment peu en retour. Mais maintenant, il y avait quelque chose que *je* voulais.

Alors, il me fallait un plan. La première chose, c'était d'éloigner Angela de ce gamin dont elle s'était entichée. Bien entendu, ce serait assez facile, puisqu'il l'avait rejetée. Mais j'avais déjà une certaine expérience, acquise en observant les gens, et je soupçonnais qu'elle éprouvait pour lui cette espèce d'amour masochiste qui vous fait aimer d'autant plus que vous êtes repoussé. J'eus la première occasion de les observer en train d'interagir quelques semaines plus tard, lorsqu'il arriva à l'église un mercredi soir.

Nous tenions les réunions dans la salle polyvalente derrière les salles de classe. Les gamins se baladaient et parlaient, buvaient des sodas et grignotaient des chips tandis que les parents se rassemblaient autour des tables de pique-nique et agissaient de même.

J'allai sur l'estrade devant les rangées de chaises et repris mes notes pour la leçon du jour. C'était le même sermon avec un tour différent. J'allais parler des raisons pour lesquelles les jeunes ne devaient pas boire, citant tous les avertissements bibliques contre l'ivresse, et ainsi de suite. Ce que je faisais vraiment, et ce que je faisais vraiment tout le temps, c'était observer Angela. Elle se tenait contre le mur avec ses deux amies. L'une était une fille noire, grosse, dont la peau avait la couleur du pudding au chocolat, et l'autre était grosse, blanche et boutonneuse, avec une peau comme un pudding au tapioca. Je crois qu'Angela continuait à fréquenter les sœurs pudding parce qu'elles la mettaient en valeur. Lorsque le garçon entra d'un pas nonchalant, sans les voir, elles sourirent toutes les trois comme des idiotes.

Il s'appelait Oscar – quel nom ridicule pour un garçon de dix-huit ans. C'était un jeune homme grand, musclé, dont les cheveux noirs descendaient en boucles sur ses oreilles, et dont le teint mat accentuait la couleur caramel de ses yeux. Avec sa démarche assurée de sportif et son grand sourire facile, il était aisé de comprendre ce que mon amour devait lui trouver. Tout à fait le type que vénèrent les filles impressionnables, fragiles. Je l'avais constaté des milliers de fois. Elles aimaient ces garçons pour leur assurance, leur aisance avec le monde. C'était plus de la dévotion à un héros que de l'amour.

Il arriva avec un gamin appelé T.J., une version baptiste d'Oscar. Ils se dirigèrent tous les deux vers des filles populaires et se mirent à parler. Angela regardait Oscar comme si des rayons de lumière fusaient du bout de ses doigts.

J'allai à la rencontre du jeune homme.

— Bonjour, dis-je en lui tendant la main.

Je lui dis qui j'étais et j'ajoutai qu'il ne m'avait pas encore été présenté, me semblait-il.

— Oscar, dit-il en me broyant les phalanges.

Il avait une poignée de main puissante, et je la lui rendis du mieux que je pus.

— Ravi de vous rencontrer, dis-je. (Il n'y avait rien d'étrange dans tout cela. J'étais seulement l'aumônier aimable.) Vous êtes venu avec T.J., c'est cela ?

— Ouais, dit T.J.

Il se dandina d'un pied sur l'autre, et les filles échangèrent un regard. Ils semblaient tous vouloir que je parte.

— Ils jouent ensemble au basket, me dit leur chargée des relations publiques – une petite rouquine.

Appuyée contre le mur, Angela croisa les bras sur son ventre et mordilla sa lèvre inférieure.

— Fréquentez-vous une église ? demandai-je à Oscar.

À nouveau le sourire niais et les grandes dents d'albâtre.

— Ouais, dit-il. Sainte Marie-Madeleine.

Je souris. Comme c'était aimable.

— Eh bien, nous sommes ravis de vous accueillir ici.

J'exécutai ma sortie et battis en retraite à l'autre bout de la pièce. Angela le regarda encore tandis que les sœurs pudding se disaient des secrets à l'oreille et gloussaient. Dès que j'en eus l'occasion, je quittai la pièce discrètement et remontai le couloir.

Frère Card se trouvait dans son bureau. Il y passait beaucoup de temps. Je ne sais pas très bien ce qu'il y faisait. Lorsque j'étais dans mon bureau, ce qui n'était pas fréquent, ma seule activité était dormir.

— Salut, dit-il. Comment ça se passe ?

— Très bien. On dirait que nous avons du monde ce soir.

— Bien.

Il fallait que j'avance à pas prudents.

— Beaucoup de nouveaux, dis-je. Vous savez, je crois que les meilleurs avocats du Seigneur sont les jeunes eux-mêmes. Personne ne peut toucher un jeune comme un autre jeune.

Il cala ses deux coudes sur son bureau et posa son menton sur ses poings fermés.

— Absolument. Je l'ai toujours pensé. Je crois aussi que le Seigneur se sert de vous comme d'un vrai agent motivant dans ce domaine.

Et nous poursuivîmes de cette manière. Nous parlions toujours comme ça, Frère Card et moi, nous adressant respectivement des petits sermons imbéciles sur ce que Dieu faisait, passant notre temps à définir et redéfinir les "actions" et la "volonté" de notre Seigneur. Si Dieu existe, eh bien, je crois qu'il a inventé l'humanité de manière que quelqu'un sache qu'il existe. Et en plus, il lui fallait un spectacle à contempler. S'il n'y avait pas les affreuses, vilaines petites manies de l'humanité, que pourrait-il bien faire de toute cette éternité ?

Bref, Frère Card et moi continuâmes à bavasser pendant un moment encore, avant que je lance l'hameçon.

— T.J. a amené un garçon ce soir. Gentil.

Il mordit.

— Ah oui ?

— Oui. Un autre joueur de basket, qui fréquente Sainte Marie.

L'hameçon prit, et Frère Card eut la tête d'un poisson qui se rend soudain compte que son repas si facile va le sortir de l'eau.

Il se contenta de me fixer, et je soutins son regard, feignant de comprendre tout à coup, et je dis :

— Oh, serait-ce le garçon qui...

— Oscar.

— Oscar, c'est ça. Je crois que c'est bien comme ça qu'il s'appelle. Bon, j'imagine que c'est une bonne chose qu'il soit ici.

Card s'adossa contre son fauteuil et se mit à mâchonner un de ses doigts repliés.

— Oui, bien sûr. Mais je me demande...

Il est toujours amusant de regarder quelqu'un – surtout quelqu'un d'aussi transparent que Frère Card – tiraillé entre ce qu'il ressent et ce qu'il devrait ressentir. Il avait envie de descendre l'escalier en courant et de virer ce connard de papiste d'Oscar à coups de pied au cul, mais il savait qu'il ne fallait pas. Peut-être qu'Oscar finirait par connaître Jésus – le vrai Jésus baptiste. Il y avait toujours l'espoir et la prière.

Mais il n'était pas question que je laisse l'espoir et la prière se dresser en travers de mon chemin.

— Vous savez, je n'avais pas fait le lien, dis-je. Je suis un peu bouché, parfois. Mais maintenant que vous en parlez, ils étaient ensemble, Angela et Oscar.

— Ensemble ?

— Ils échangeaient conciliabules et rires. En tout bien tout honneur, bien sûr. Ils semblaient s'amuser d'une plaisanterie connue d'eux seuls.

— Une plaisanterie ?

— Comme s'il n'était venu que pour la voir, et qu'ils ne pensaient pas qu'on s'en apercevrait. Je m'en rends compte, maintenant que vous en parlez.

Il était tout à fait perplexe, désormais.

— Voilà ce que je craignais, dit-il. Mais je croyais qu'il ne l'aimait pas.

— Oh, il l'aime bien. Enfin, il me paraît être un garçon convenable.

— Qu'il soit convenable n'est pas la question ici, rétorqua Card. (Je pris l'air de celui qu'on a réprimandé et qui est prêt à être éclairé. Je n'eus pas à attendre longtemps.) Ce qui est en cause, c'est sa sensibilité à être touché par l'Esprit Saint, une sensibilité qu'il n'a probablement pas acquise devant un autel à la Vierge Marie.

— Tout à fait vrai, dis-je tout en hochant la tête comme si je trouvais qu'il s'agissait des paroles les plus profondes que j'aie jamais entendues et que j'étais déçu de ne pas y avoir pensé moi-même. Tout à fait vrai.

Card reprit :

— Bien sûr que c'est vrai.

Seul un homme gagnant sa vie en étant débonnaire pouvait accepter mon écœurante obséquiosité si facilement.

— Que devrions-nous faire ? demandai-je.

— Rien pour le moment, bien sûr. Je lui parlerai ce soir.

Son visage était crispé par l'inquiétude, l'inquiétude d'un homme qui a une fille peu séduisante. Tous les pères craignent que les garçons soient des prédateurs, mais ceux qui ont une fille peu séduisante sont terrorisés à l'idée de ce que pourrait provoquer la très faible estime de soi de ladite fille.

Je jetai un coup d'œil à ma montre et dis que je ferais bien de retourner dans la salle. Mais j'ajoutais :

— Peut-être vaudrait-il mieux que vous ne disiez pas que c'est moi qui ai vendu la mèche. Pour ne pas compromettre mon rôle d'aumônier auprès de votre fille. Elle pourrait bien le retenir contre moi et je crains que…

— Vous avez raison, acquiesça-t-il. Il faut qu'elle sente qu'elle peut venir vous consulter sur ce sujet précis, ou tout autre.

J'approuvai du chef.

— Exactement. Je suis désolé d'avoir été celui qui a attiré votre attention sur ce point.

Il eut un mouvement de la main.

— Je suis content que vous l'ayez fait. Nous prierons pour que la situation se résolve, et je parlerai à Angela et à sa mère.

J'ajoutai que je prierais aussi et je partis.

Lorsque j'arrivais dans la salle, les gamins s'installaient. Je leur adressai un bon message, ce soir-là, sur les dangers de l'alcool. J'étais au-dessus de tout reproche en ce qui concernait l'alcool, parce que je n'en avais jamais consommé. N'est-ce pas triste ? Je n'y ai jamais touché.

J'enfonçai le clou un peu plus que d'habitude ; j'étais remonté à cause de mon amour et de son joueur de basket. Je pris soin de faire remarquer que, même si dans certaines religions, on pouvait boire, la Bible disait que c'était mal. La Bible ne disait pas exactement cela, bien sûr, mais je donnais aux parents postés au fond de la salle ce qu'ils voulaient entendre et ce que la plupart des jeunes présents s'attendaient déjà à entendre.

Prends-toi ça, le catholique.

Oscar, quant à lui, ne parut pas impressionné. Il passa tout le temps de mon discours à regarder autour de lui, à reluquer les filles. Il ne remarqua jamais Angela. Elle aurait aussi bien pu être une chaise vide, en ce qui le concernait. Mais elle était rayonnante, comme s'il était arrivé dans la pièce à califourchon sur un arc-en-ciel. Les sœurs pudding gloussaient tout en lançant des regards vers le jeune homme, mais il ne leur porta pas la moindre attention. Il ne devait même pas connaître leur nom.

Je rentrai après le travail, ce soir-là, plus excité que je ne l'avais été depuis longtemps. Tandis que je regardais un de mes films porno, allongé, je réfléchis au déroulement de l'étape un de mon plan. Il fallait que j'attise l'énervement de Frère Card contre Oscar. Que ce soit le pasteur qui fasse le sale boulot. Puis, lentement, je me mettrais à travailler sur Angela. Je la comblerais d'attentions, de louanges, de bienveillance.

Je marquai une pause dans l'étude de mon plan parce que le porno avait atteint un point crucial, et j'atteignis un point crucial en même temps que lui. J'allai à la salle de bain me nettoyer et retournai sur mon lit. Je glissai un autre film dans le lecteur et le laissai tourner en bruit de fond, pour ainsi dire, pendant que je réfléchissais.

Les Card...

Même si je pouvais faire en sorte qu'Angela tombe amoureuse de moi, que se passerait-il avec les parents ? Ils ne verraient pas d'un bon œil que leur fille unique soit avec quelqu'un comme moi. Je le savais. Vous en doutez ? Pensez-vous qu'ils seraient heureux de m'avoir comme gendre ? Je ne prendrais pas le pari, si j'étais vous. Ils voulaient que je reste à ma place, dans mon rôle de l'aumônier du groupe de jeunes, chargé des leçons de catéchisme. Ils avaient confiance en moi (du moins, c'était le cas de Frère Card), mais ils tenaient à ce que je reste à ma place. Personne n'avait jamais voulu que je me promène librement, à faire ce que je voulais, à courir après leur fille. Cela vous paraît-il être de l'auto-apitoiement ? Peut-être avez-vous raison. En même temps, la troisième vérité fondamentale de l'existence est la suivante : pour 99,9 pour cent du monde, vous n'existez pas. Je ne suis pas dans l'auto-apitoiement, là, puisque c'est de vous que je parle. *Vous* n'existez pas pour la plupart du reste du monde. Combien de personnes savent même que vous existez ? Et parmi ceux-là, combien s'en préoccupent ? Ne faites pas le compte si vous êtes du genre facilement déprimé. Moi, je ne déprime pas facilement. Je n'ai jamais été comme ça. Ce vilain petit monde m'a toujours assez amusé, je dois dire. Je savais que le monde tenait à ce que je reste à ma place – dans une boîte sur une étagère dans le garage pour pouvoir la sortir quand ils en auraient besoin. Voilà pourquoi je suis devenu aumônier, pour commencer, pour avoir une fonction. Comme ça, les gens auraient besoin de moi. (Tenez, voici la vérité numéro quatre, au cas où vous tiendriez les comptes : l'importance que vous avez pour les gens est directement proportionnelle au besoin qu'ils ont de vous.) Ils avaient besoin que je transmette à leurs gamins boutonneux les enseignements de Jésus, que je lise la Bible à leurs enfants et que je leur confirme que oui, elle dit bien ce que Papy t'a dit qu'elle disait. J'étais un outil et j'avais pour eux l'importance d'un outil qu'on garde propre et qu'on range pour ne pas se blesser.

Mais désormais, je voulais quelque chose. Mon amour. Je ne savais pas comment me débarrasser des Card, mais je n'avais rien exclu.

Je réfléchissais à tout cela lorsque quelqu'un frappa à ma porte. Je me levai d'un bond et éteignis la télévision si rapidement que vous auriez pu croire que mes parents avaient fait irruption dans la pièce. Une fois que je fus rhabillé, je me précipitai dans le salon plongé dans le noir pour ouvrir la porte d'entrée.

Angela se tenait sur mon paillasson. Je prononçai son nom, et elle se mit à pleurer.

Chapitre 6

Elle n'avait pas de manteau, et lorsque je l'attirai contre moi pour la serrer dans mes bras, ce ne fut pas une expérience agréable.

La conduisant à l'intérieur, je lui dis :

— Tu es frigorifiée.

— Je suis venue à pied.

Je l'installai sur le canapé et m'accroupis auprès d'elle. Une longue bande de lumière provenant de ma chambre s'étirait sur le plancher du salon, mais nous nous trouvions dans le noir. Nous étions tout près l'un de l'autre, pourtant l'instant n'avait rien d'érotique. Elle sentait le vent froid et la morve.

— Ne bouge pas, lui dis-je comme si elle avait l'intention d'aller quelque part.

J'allai lui chercher des Kleenex, et elle se moucha. Après avoir jeté le mouchoir et être allé prendre une couverture en laine, je me rendis dans la cuisine et réchauffai au micro-ondes deux tasses avec des sachets de thé que l'association des femmes de notre église m'avait donnés dans un panier plein de cadeaux de bienvenue.

J'arpentai nerveusement la cuisine. Était-ce le bon moment ? Si rapidement ?

Je hochai la tête. Tu dois attendre. Tu veux le faire, mais tu dois prendre ton temps. Tu ne sais pas ce qui s'est passé. Si tu fonces trop vite, tu pourrais la faire fuir. Vas-y doucement.

Je notai avec satisfaction que je venais de me branler, ça tombait bien. Si j'avais eu les couilles pleines au moment où elle avait débarqué, je ne pense pas que j'aurais été capable de contrôler la suite des événements.

Lorsque le thé fut prêt, je l'emportai et le lui donnai ; je m'assis par terre, à côté de ses pieds. Le gentil garçon compréhensif.

— Ça va mieux, on dirait, dis-je.

C'était bien le cas. Elle ne pleurait plus, ne frissonnait plus. Elle sourit et but une gorgée de thé.

— Tu veux m'en parler ?

— Est-ce que je peux vous poser une question ?

— Je décrocherais la lune pour toi, dis-je, avant de me dire : Retiens-toi... Pas de numéro de charme.

Elle sourit.

— Est-ce que vous avez déjà été amoureux ?

— Non, répondis-je.

Se penchant en avant, entourant la tasse de ses deux mains, elle dit :

— Je crois que je suis amoureuse.

— Pourquoi ?

— Pourquoi ?

— Oui.

Elle fronça les sourcils.

— Je ne sais pas. Je ressens de l'amour, c'est tout. Pourquoi n'avez-vous jamais été amoureux ?

Je soupirai.

— Je suis marié à mon travail, j'imagine. Je veux servir Dieu. Certaines personnes peuvent le faire sans être mariées, d'autres ne le peuvent pas. Paul a dit qu'il valait mieux pour nous ne pas être marié, du moment qu'on pouvait contrôler ses... besoins. C'est juste que j'ai toujours été capable de contrôler les miens.

Doux Jésus, c'était un sacré paquet de conneries que je venais de lui balancer. Angela, ma douce et pure déesse de lumière, réfléchit à ce que je venais de dire pendant un moment.

— Des besoins ? finit-elle par dire.

Nous y voilà...

— Des besoins sexuels, expliquai-je. Mais affectifs aussi. C'est avec ceux-là que tu as des soucis ?

Elle ferma les yeux et laissa son visage se réchauffer dans la vapeur qui montait de la tasse de thé.

— Je ne me suis pas enfuie de la maison, vous savez.

— Je n'ai pas pensé que tu l'avais fait.

— Il fallait juste que je sorte de chez moi.

— Tout va bien, là-bas ?

Elle hocha la tête et me regarda.

— Mon père...

— Est un homme bon, dis-je.

Elle prit une gorgée de thé et dit :

— Je le sais. Il m'aime et tout ça, mais il est si... (Elle essaya de trouver un mot qui ne soit pas un gros mot, et finit par lâcher :) ... pédant. Vous connaissez ce mot ? Je l'ai cherché dans le dictionnaire il y a deux ou trois semaines pour un devoir que je devais rendre en anglais. Cela veut dire quelqu'un qui est tout le temps en train de lancer des sujets anodins pour se faire mousser parce qu'il ne connaît rien d'important. Et c'est exactement ce qu'il est, un pédant. Voilà pourquoi il est tout le temps en train de citer la Bible, chaque fois que j'ouvre la bouche. J'ai beau essayer de lui faire comprendre quelque chose, il me balance une citation biblique quelconque qui prouve que j'ai tort.

— Je cr…

— Et le truc, c'est que je crois à la Bible. Je sais que c'est la parole de Dieu et que tout ce que dit la Bible, c'est vrai, et tout ça, mais tout ce que je dis ne peut pas être faux.

— Bien sûr que non.

— Est-ce qu'il vous a parlé d'Oscar ?

— Oscar… le garçon qui était à l'église ce soir ?

— Ouais.

— Est-ce Oscar l'objet de ton affection ?

Elle but une grande gorgée de thé, avec effort.

Je repris :

— Il a l'air d'être un gentil garçon.

— C'est juste un gars de l'école. Je le trouve mignon, mais mon père pense que je suis obsédée par lui, je ne sais pas pourquoi. Il le regarde d'un mauvais œil, alors il n'aime pas que j'en pince bêtement pour lui.

— Et pourquoi ?

— En fait, papa ne veut pas que j'aime qui que ce soit, mais la grande raison, c'est qu'Oscar est catholique.

— Ce n'est sûrement pas uniquement parce qu'il est catholique.

— Oh si, dit-elle en se rapprochant du bord du canapé. C'est seulement ça. Le fait qu'il soit catholique. Quelqu'un peut m'expliquer ?

— Je ne sais pas.

Elle fronça les sourcils. C'était comme si elle venait de s'entendre raconter la vie amoureuse d'une star de cinéma.

— En plus, rien de tout ceci n'a la moindre importance, de toute façon, parce que… Oscar ne sait même pas que j'existe, ce que mon père, pour une raison totalement obscure, ne croit pas. De toute manière, en quoi ça le regarde, qui j'aime ?

Je marmonnai encore quelques phrases sur le thème "ton papa t'aime tellement".

Elle haussa les épaules.

— Je sais, mais il se comporte comme si je péchais en aimant bien un garçon. Oscar ne sait même pas comment je m'appelle. C'est délirant.

Si elle était gênée par le fait d'être assise dans une pièce très sombre, elle ne me le faisait absolument pas savoir. Elle s'était réchauffée, et même dans la pénombre, je voyais bien qu'elle avait repris des couleurs. Angela. Quel vilain prénom, me dis-je. Et pourtant, même maintenant, il me met dans tous mes états. Angela, mon ange.

— Alors, qu'est-ce que tu comptes faire ?

Elle secoua la tête.

— Je vais rentrer, j'imagine. Mes parents me tueraient s'ils savaient que je suis venue.

— Pourquoi ? dis-je dans un grand éclat de rire.

Elle fronça les sourcils, devant ma stupidité, cette fois.

— Aller chez un type plus vieux au milieu de la nuit ? Ils en mourraient. Mon père ferait une crise cardiaque et ma mère me tuerait, puis vous, puis elle se suiciderait.

Elle rit, et elle parut tellement plus âgée à cet instant-là. Avait-elle l'habitude de sortir de la maison comme ça, en cachette ? Et elle m'avait traité de "type plus vieux".

Je décidai de négliger ce détail. Pas de quoi en faire un plat.

— Je ne crois pas qu'ils s'en formaliseraient mais…

— Vous vous trompez, dit-elle.

— Mais…, et je ris avant de poursuivre : Peut-être que tu ne devrais pas leur dire que tu es venue. Pas la peine de les inquiéter avec quelque chose qui n'est pas un problème.

Elle répondit :

— Je ne le dirai pas si vous ne dites rien.

— Je ne dirai rien.

— Bien. Je suis désolée d'avoir débarqué comme ça. Vous habitez plus près que tous mes amis, et mon père garde le seul téléphone de la maison dans sa chambre.

— Ouh là là, avec ça, j'ai vraiment l'impression d'être privilégié ! la taquinai-je.

— Nooon, dit-elle avec ce sourire suppliant que seules les adolescentes maîtrisent parfaitement. Ce n'est pas ça. Je vous trouve formidable.

— Merci. Je te trouve assez formidable, toi aussi.

Elle sourit. Mon ange.

— Faut que j'y aille, dit-elle.

Je dis d'accord. Nous nous levâmes, et je l'accompagnai jusqu'à la porte. Elle mit la main sur la poignée mais se retourna avant d'ouvrir.

— Je n'arrive pas à croire que vous n'avez jamais été amoureux. Vous êtes tellement sympa.

Je souris.

— J'attends l'amour de ma vie, dis-je.

Elle me regarda fixement, ouvrit la bouche pour dire quelque chose, puis se ravisa. Elle sourit.

— Quoi ? demandai-je.

— Rien.

— Allez… ce n'était pas rien…

Elle se mordit la lèvre.

— Est-ce que je pourrai revenir ?

Il fallut que je prenne une grande inspiration de manière à donner à mes poumons un peu d'oxygène.

— Bien sûr.

— J'aime bien parler avec vous.

Je la regardai droit dans les yeux et ne cillai pas. Elle non plus. Je lui dis :

— J'aime bien te parler, moi aussi.

Elle rougit, se retourna, ouvrit la porte et disparut dans la nuit. Je restai là un moment, les mains tremblantes. Quelque chose d'inexorable avançait sous la surface de ma vie, bougeait à l'intérieur de moi. Je le savais, et ça me faisait peur, mais je ne pouvais pas l'arrêter.

Après ce premier soir, elle commença à venir me voir en cachette régulièrement.

J'en faisais très peu à chaque fois. Je vous en prie, croyez-moi sur ce point. Elle s'asseyait sur le canapé et parlait et parlait, et moi, j'écoutais. Oh, je disais de petites choses par-ci par-là, me contentant de confirmer sa vision de l'injustice que ses parents lui imposaient, mais je ne la touchais jamais, sauf pour lui dire bonjour et au revoir. Elle en vint à me voir comme un ami et un allié précieux, certainement contre ses parents, mais aussi contre Oscar. Ce n'était pas qu'il était méchant avec elle. C'était pire que ça. Il ne savait pas qu'elle existait. Pour aggraver encore la situation, il lui arrivait de lui sourire lorsqu'ils se croisaient dans un couloir entre les cours, de lui balancer un de ses grands sourires niais qui ne voulaient rien dire, et chacun d'entre eux était une balle qui venait se loger dans son tendre cœur de jeune fille.

Même si nombre de ces premières conversations tournaient autour d'Oscar, c'était plaisant de discuter avec elle. Elle était, en fait, la seule fille avec laquelle j'aie passé des heures à parler. Tout, dans ces moments – sa voix, ses peurs, ses rêves et même son amour stupide pour ce garçon –, tout me faisait l'aimer. L'estime qu'elle se portait était encore inférieure à celle d'un esclave, mais elle pouvait être drôle et mignonne, et tout chez elle me fascinait.

Un soir, alors que nous étions assis, en train de parler, elle me dit :

— Je n'ai jamais embrassé un garçon.

— On dirait qu'une question va suivre...

Elle gloussa.

— C'est bizarre, ou pas ?

— Ce n'est pas si bizarre, dis-je.

— Pourquoi ?

— Je pense que Dieu veut que nous attendions jusqu'à trouver la bonne personne. Celle qu'il a prévue pour nous.

Elle hocha la tête, et un petit sourire malicieux se dessina sur ses lèvres.

— Ouais. Enfin, ce n'est pas pour ça que j'ai attendu si longtemps, vous savez. Ce serait chouette si c'était le cas, mais j'attends parce que je suis obligée. Je n'ai pas beaucoup d'autres choix.

J'eus très envie de me pencher et de l'embrasser sur-le-champ, bien entendu, mais je me dis : Attends.

— Tu embrasseras beaucoup avant longtemps, dis-je. Le Seigneur y veillera.

Elle rit et rougit ; regarda ses mains. Lorsqu'elle leva les yeux vers moi à nouveau, l'espace qui nous séparait était lourd de tout ce que nous ne disions pas encore.

Finalement, je rompis le silence avec une plaisanterie. Nous passâmes à un autre sujet. Mais lorsqu'elle partit, ce soir-là, elle me serra contre elle plus longtemps que les autres fois. Puis elle me regarda longuement.

— Vous pensez qu'un jour j'aurai droit à des baisers ? demanda-t-elle.

— Je te le garantis, répondis-je.

La fois suivante, les choses avaient changé. Nous nous comportions tous les deux de manière étrange. Elle était tendue, mais elle s'était apprêtée. Elle portait du maquillage et ses cheveux sentaient bon. Elle était tellement jolie.

Mes hormones étaient déchaînées, une vraie orgie. Je le jure devant Dieu, c'était comme si j'avais seize ans. La différence, bien sûr, c'était que je n'avais jamais approché une fille quand j'avais seize ans.

Nous nous installâmes sur le canapé, à parler, et elle ne cessait de me regarder. Les lumières étaient tamisées et il était tard, et elle me regardait fixement.

— Angela, dis-je.

Elle sourit.

— J'aime bien quand vous dites mon nom.

Son visage s'empourpra ; je le voyais, même dans le noir. Je crois que j'étais le premier homme avec qui elle ait jamais flirté. Ses mains tremblaient, elle les serrait fort sur ses genoux.

— J'aime bien dire ton nom, fis-je. (Elle essaya de sourire et se mordit la lèvre en même temps. La pauvre.) Angela ?

— Oui ?

— Est-ce que je peux t'embrasser ?

Elle détourna le regard, regarda en l'air, fit semblant de réfléchir.

— Hmm...

Puis elle sourit, et nous éclatâmes de rire, tous les deux.

— Oui, dit-elle.

Lorsqu'elle parla, ce fut comme si ce petit salopard d'Oscar n'avait jamais existé. Elle n'énonça jamais plus son nom.

Je me penchai, pris sa main tremblante dans ma main tremblante et l'embrassai. Elle était la première fille que j'aie jamais embrassée. Elle est toujours la seule fille que j'ai jamais embrassée. J'étais au moins aussi terrorisé qu'elle.

Après ça, nous le refîmes chaque fois qu'elle venait. Aux baisers s'ajoutèrent des caresses. Finalement, un soir, nous nous retrouvâmes sur mon lit, à moitié dévêtus, et Angela me repoussa.

— On devrait pas, dit-elle.

Elle couvrit sa poitrine de son bras et mit son autre bras sur son doux ventre blanc.

— Mais nous nous aimons, protestai-je.

— Je t'aime plus que tout, mais nous ne pouvons pas faire ça. Et le Seigneur ?

Je pris ses mains et les soulevai lentement. Je remarquai la présence d'une tache de naissance brune au-dessus de son nombril.

— Je veux t'épouser, dis-je.

Elle se toucha la poitrine comme si elle avait le souffle court.

— Vraiment ?

— Bien sûr que je le veux, dis-je. Veux-tu m'épouser ?

Ses yeux se remplirent de larmes.

— Oui, je le veux.

Je lui frottai la main.

— Alors, je pense qu'aux yeux du Seigneur, nous sommes mariés. Le mariage n'est pas un morceau de papier, c'est un lien sacré. Deux âmes qui s'unissent en Dieu.

Elle me prit la main et la regarda.

— Oui, dit-elle.

Je serrai ses mains entre les miennes.

— Est-ce que tu m'épouserais tout de suite ?

— Oui. (Elle fronça les sourcils.) Mais je suis trop jeune.

Je secouai la tête.

— Non, dis-je. Je ne veux pas dire "Filons à Vegas", mais tout de suite, aux yeux de Dieu. Toi, moi et le Seigneur. Les trois seules personnes qui importent.

Elle mâchonna l'intérieur de sa joue.

— Oui. Oui. Je le ferais tout de suite.

Nous fermâmes les yeux, elle avec ses seins pâles nus comme le soleil de midi, moi avec la trique, et j'énonçai une longue prière entortillée sur l'union bénie des âmes et les liens sacrés du mariage. Vous pensez peut-être que tout ce que je voulais, c'était la sauter ce soir-là, essayant enfin de perdre ma propre virginité – et je ne le nierai pas complètement –, mais je l'aimais aussi, et je croyais chacun des mots que je prononçais. Je voulais vraiment qu'elle m'appartienne. Lorsque j'eus fini, je vis qu'Angela pleurait.

Je dis :

— Nous sommes mariés.

Je la tins contre moi un moment, puis nous commençâmes à nous embrasser. Lentement, je l'allongeai sur le lit.

— Hé, fit-elle.

— Quoi ?

Elle me regarda, droit dans les yeux. J'essayai d'avoir l'air consumé par l'amour et pas brûlant de désir.

Son front était plissé par l'inquiétude, sa bouche de travers comme si elle était en train de mâchonner l'intérieur de sa joue. Elle ne cessait de me regarder, pensive.

— Quoi ? dis-je.

Elle ne cessait pas de me regarder et de réfléchir, et je crus que ça n'arriverait pas ; c'est alors que je vis le manque d'assurance remplir ses yeux, et elle sourit tristement. Et je sus que je l'avais.

— Tu m'aimes, n'est-ce pas ? Si nous le faisons, tu ne me…

— Tu es ma femme, dis-je. Je t'aime. Je t'aimerai toujours.

Elle hocha la tête.

— J'ai confiance en toi.

— Et moi, je t'aime, répondis-je.

Elle était à moi, enfin.

Après cela, quelques jours passèrent sans que nous nous retrouvions. Elle avait peur de moi, je crois. Lorsqu'elle revint me voir, elle ne voulait pas coucher avec moi, et j'en fus vexé, forcément.

— Et si je tombe enceinte ? dit-elle.

C'était quelque chose qui ne m'était jamais venu à l'esprit. Je n'étais pas très au courant de tout ça.

— Est-ce que tu ne peux pas prendre des pilules ?

Elle me regarda comme si j'étais fou.

— Et où est-ce que je vais trouver un moyen de contraception ? On n'a qu'à diffuser une pub à la télé, tant qu'on y est !

— Il n'y a aucune raison d'être sarcastique, répondis-je. Et des préservatifs ? Je pourrais aller jusqu'à Black Bear et en acheter au Walmart.

— Ils vendent des préservatifs au Walmart ?

— Bien sûr.

Elle se mordit l'intérieur de la joue.

— Comment tu le sais ?

Je la regardai droit dans les yeux.

— Parce que j'en ai vu. Ils sont dans le rayon pharmacie.

Elle hocha la tête. Je m'approchai d'elle et lui pris la main.

— Je te l'ai dit, repris-je, il n'y a jamais eu personne d'autre que toi. Il n'y a que toi, et il n'y aura jamais que toi.

Je me penchai pour l'embrasser, mais elle se dégagea.

— S'il te plaît, chérie. Tu occupes toutes mes pensées.

Elle se leva.

— Tu crois que tu n'es pas dans toutes mes pensées ? fit-elle. Je n'arrive pas à lire, ni à regarder la télé. Tout ce que je fais, c'est penser à toi. Mais tout ça arrive… tellement vite. Vraiment très vite.

— Je sais, répondis-je. (Je m'approchai d'elle et posai mes mains sur ses épaules.) Tu es ma femme. Je peux t'attendre.

Elle sourit.

— Il faut que j'y aille.

— Oui.

— À demain.

— OK.

— Est-ce que tu es fâché contre moi parce que je n'ai pas voulu qu'on couche ?

— Non, mentis-je. Je t'aime et je veux te le dire, c'est tout. Je ne prends pas ces choses à la légère.

— Moi non plus.

— Bien.

Elle soupira et m'embrassa.

— Tu sais que je t'aime. Je suis follement amoureuse de toi. Je pleure la nuit en pensant à toi.

— Alors, fais-moi l'amour, répondis-je.

Elle me sourit et me serra dans ses bras, longtemps, comme une petite fille. Puis elle dit :

— Allons faire l'amour.

Chapitre 7

ENTRÉE en scène du méchant.

Le méchant de la triste histoire de ma misérable vie n'est pas, comme je l'avais cru, Oscar. Oscar le petit merdeux reviendrait me hanter plus tard, mais à ce moment-là il n'était que le premier petit obstacle que j'avais eu à surmonter. La rapidité avec laquelle je me débarrassai de l'amour qu'Angela lui portait ne fit que confirmer qu'elle m'était destinée, à moi. Le méchant n'est même pas Frère Card, qui était un adversaire bien plus redoutable, mais qui était aussi, en dernière analyse, un idiot fini. Non, le méchant était Timothy "Doolittle" Norris, le shérif du comté.

Je le rencontrai le soir de notre banquet de la Saint-Valentin. C'était une tradition de l'Église Baptiste pour une Vie Meilleure. Il avait été mis en place par un aumônier plusieurs années auparavant comme une alternative à des rencontres moins spirituelles (comprenez des rencontres au cours desquelles les jeunes risqueraient de finir par échanger des fluides). L'événement était rasoir, assurément. Pour l'essentiel, c'était un rassemblement de jeunes classique, avec des guirlandes roses scotchées aux murs, un saladier de jus de fruits rouges et quelques paniers pleins de bonbons en forme de cœur. Notre église continuait à maintenir cette vieille croyance baptiste – aujourd'hui défunte dans de nombreuses églises – qu'il y avait quelque chose de mal à danser alors nous passions en sourdine de la musique pop chrétienne contemporaine sur un petit poste, et les gamins erraient en essayant de chasser le sexe de leur tête.

Tout allait bien pour moi, et pas seulement en ce qui concernait Angela. Le groupe de jeunes, à ma grande surprise, s'agrandissait. Nous avions intégré plusieurs nouveaux arrivants (parmi lesquels ne se trouvait pas Oscar, qui n'était jamais revenu), et j'en avais même baptisé quelques-uns.

Le soir du banquet, beaucoup de monde vint. J'étais assis dans un coin en train d'écouter une anorexique aux yeux de soucoupe bavasser sans arrêt sur ses scores au SAT, lorsque Nick Hargrove, le plus jeune de nos diacres, le "brillant jeune homme" auquel Sœur Card m'avait présenté, s'approcha accompagné d'un homme costaud aux jambes arquées.

— Frère, dit Nick, je vous présente Doolittle Norris.

— Ravi de vous rencontrer, fit Norris, en tendant la main. (Ses joues empourprées et ses cheveux argentés lui donnaient l'air fort civil des hommes du Sud, mais il me broya littéralement les doigts.) J'entends dire du bien de votre groupe de jeunes.

— Merci. répondis-je.

Je n'avais pas entendu dire du bien de sa manière de représenter la loi dans le comté, mais je n'en parlai pas. Il avait été réélu d'une courte tête l'année précédente, et les commères de l'assemblée prétendaient que c'était sa famille qui fournissait le plus gros de la marijuana et des métamphétamines qui circulaient dans le comté. Je dus avoir l'air surpris de le voir.

— Mon fils Tim fréquente une des filles de votre groupe. Je me suis dit que je viendrais faire un tour. Un peu de boulot de terrain en tant que père, pour une fois.

Ah, me dis-je. Je levai les yeux et vis Tim, un gamin calme aux paupières tombantes et aux dents en bataille, assis avec une petite brune maigrichonne prénommée Arial. Détail intéressant, j'avais eu l'impression que c'était un gamin très gentil.

Doolittle Norris poursuivit :

— Il aime beaucoup venir ici.

Il souriait tout en parlant, et je ne savais pas s'il se moquait de moi ou de son fils.

— Fréquentez-vous une église ? demandai-je avec amabilité.

Il sourit à Nick – un sourire narquois.

— Nan. Jamais trouvé tellement l'intérêt, à dire la vérité. (Nick grimaça comme s'il avait des aigreurs d'estomac, et Doolittle Norris fit un mouvement de tête vers le jeune diacre.) Vous savez que Nick ici présent est mon beau-frère ? Il a épousé ma petite sœur. On peut dire qu'il a évité à Lacey de rester une Norris toute sa vie.

— Ce n'est pas ça, commença Nick. Lacey…

— Pas grave, fit Doolittle en balayant l'air d'un geste de la main. (Il s'adressa à moi.) Nick et ma sœur n'apprécient pas trop ma façon de penser. Y a des gens qui ont besoin qu'on leur dise ce qui est juste, et d'autres non. J'ai jamais été dans la première catégorie.

— Et pourtant, vous êtes shérif, opposa Nick.

Norris haussa les épaules.

— C'est un boulot, c'est tout. Faut bien bouffer. (Il se tourna vers moi.) Pas vrai, pasteur ?

Je me mis à balbutier, mais Nick prit la parole avant que je puisse sortir un mot.

— Je ne vous comprends pas. Il n'en reste pas moins que le bien et le mal existent et qu'ils sont définis par un dieu qui nous demandera des comptes.

Norris haussa les épaules à nouveau juste pour énerver Nick.

— Ah, personne ne sait ce que Dieu pense. Si Dieu a quelque chose à dire sur moi, il n'a qu'à y aller et le dire.

— Peut-être qu'il l'a déjà fait, dans la Bible, rétorqua Nick.

Il oscillait sur ses pieds, les bras ballants. Nick aimait bien se confronter aux autres, et je voyais bien que contrairement à beaucoup de gens – dont moi – il n'avait pas peur de Doolittle Norris.

Norris rit et l'envoya balader comme s'il lui avait demandé de danser.

— Vas-y, crois donc ce que tu veux, mais j'ai pas de temps à perdre à ça.

Les épais sourcils de Nick étaient crispés comme s'ils le démangeaient.

— Je n'arrive pas à croire que tu dises des choses pareilles dans la maison de Dieu.

Norris rit.

— Tu veux que je débarque ici et que je m'incline et me prosterne comme un sale hypocrite ? Tu crois que Dieu préférerait que je mente ? (Il me regarda et sourit.) Désolé si ça vous offense, pasteur.

Lorsqu'il prononça cette dernière phrase, on aurait dit qu'il se moquait de moi.

Nick hocha la tête. Il jeta un coup d'œil dans la pièce, déjà trop agacé pour avoir une conversation cordiale avec son beau-frère. J'y vis ma chance de marquer quelques points en reprenant la discussion.

— Je ne peux pas être d'accord avec vous, bien entendu, dis-je au shérif. La parole de Dieu est aussi pertinente aujourd'hui qu'elle l'a toujours été, mais vous êtes honnête et j'admire votre honnêteté. Nous prierons pour vous.

Il rit et enfonça ses grosses mains dans les poches de son jean.

— Faites donc ça. (Il paraissait amusé par la conversation, et il désigna son fils d'un mouvement de la tête.) Apparemment, Tim se plaît ici, et j'imagine que ça lui évite de se fourrer dans des situations délicates.

— Je suis heureux de l'entendre, répondis-je.

Alors que je parlais, Angela entra avec les sœurs pudding et examina la table du banquet Quelqu'un avait préparé un gâteau au chocolat et les filles commencèrent à couper des parts. Elle ne m'accorda pas un regard.

— Ce serait pas la fille du pasteur ? me demanda Doolittle Norris.

— Si.

— C'était la chérie de Tim à l'école maternelle.

Curieusement, cette information me rendit jaloux. J'étais destiné, je suppose, à détester tous les garçons, tous les hommes qui lui avaient adressé la parole.

— C'est drôle, fis-je.

Il sourit. Ses yeux étaient de la couleur de l'acier poli, et ils se rivèrent sur les miens avec une intensité glaciale.

— Elle a pris de l'ampleur depuis cette époque-là, dit-il, mais j'imagine que vous vous en fichez.

Je le fixai du regard pendant un long et pénible moment. Nick ne portait plus la moindre attention à ce qui se passait et Doolittle Norris se contenta de me sourire. Je me ressaisis et haussai les épaules.

Le shérif reprit.

— Bon, faut que j'y aille.

Nick intervint.

— Non, pas déjà. Tu vas rater ce que l'aumônier dit à ton fils tous les mercredis.

Le shérif ricana.

— Je suis sûr que c'est passionnant, mais faut que j'aille servir et protéger. Bonne soirée à tous.

Là-dessus, il partit d'un pas tranquille rejoindre son fils et lui annonça son départ. Le gamin maigrichon hocha la tête et Norris se dirigea du même pas tranquille vers la porte.

Nick soupira et ôta quelques pellicules qui parsemaient son polo rouge.

— Voilà, c'était Doolittle.

— Votre famille, donc.

Il grogna.

— À peine. Lacey ne leur adresse pratiquement plus la parole.

— Pourquoi ?

Nick désigna d'un mouvement du menton l'endroit où se tenait Doolittle quelques instants auparavant.

— Vous le voyez bien. Et Doolittle n'est que l'extrémité visible de l'iceberg.

— Vraiment ?

Il ferma les yeux.

— Sa mère…

— Mme Norris, j'imagine.

Nick me regarda.

— Mme Norris, effectivement. Je ne veux pas être… Écoutez, je ne veux pas avoir l'air de manquer de charité chrétienne. Je ne dirais jamais que quelqu'un est hors de portée de Dieu. Mais Mme Bertie Mae Norris est… la seule personne absolument mauvaise que j'ai jamais rencontrée.

— C'est incroyable. Lacey est tellement mignonne.

— Et elle est aussi différente de sa mère que le soleil de la lune. Lacey est une femme remplie de l'Esprit Saint et elle est une très belle âme. (Nick pencha la tête et eut un sourire triste.) Mais elle a dû lutter pour faire la paix avec son passé. Comme beaucoup d'entre nous.

— Vous aussi ?

Nick lança un coup d'œil autour de lui, comme s'il n'avait pas entendu la question. Il finit par dire :

— Mon père était…

Il ne termina pas sa phrase.

— Je ne savais pas, pour votre père, dis-je. Je n'aurais jamais deviné.

Le visage de Nick prit une mine grave.

— Oh oui. Mon paternel était un sacré numéro. L'alcool et les femmes. Jamais à la maison. C'était comme s'il avait fait des études pour incarner le parfait exemple du mauvais père. La seule chose bien qu'il ait jamais faite, c'est de nous quitter, ma mère et moi, lorsque j'avais environ douze ans. Des années plus tard, quand j'ai rencontré la mère de Lacey, j'ai immédiatement identifié le genre de personne qu'elle était. (Il leva une main.) Enfin, presque. Mon père était mauvais dans sa manière d'être mon père, mais Bertie Mae est… un être malfaisant. Dans cette famille, il n'y en a pas un pour rattraper l'autre.

— Ils sont une légende, par ici, dis-je.

— Forcément. C'est comme la mafia de l'Arkansas, ou quelque chose de ce genre. À ce qu'on dit, ils contrôlent la plupart des labos de méthamphétamine dans les Ozarks. Ils les fabriquent là-bas et les font venir ici. D'après les rumeurs, en tout cas. Je n'ai pas d'informations de première main sur le sujet, bien sûr, mais la famille est très certainement impliquée dans des entreprises criminelles, et c'est le cas depuis des années.

— Qu'en pense Lacey ?

Il haussa les épaules. Je voyais bien qu'il n'était pas du genre à aller s'aventurer sur ce genre de terrain. Nick était Monsieur Priorité à l'Action. Il n'aimait pas ce type de conversations.

— Continuez à prier, dis-je au bout d'un moment.

— Absolument. Et on s'arrête là. (Il se frotta les mains.) Je crois que je vais aller chercher un peu de jus de fruits.

Une fois qu'il fut parti, je me promenai d'un groupe à l'autre pour parler aux parents et aux enfants, observant les rapprochements entre tels garçons et telles filles, regardant Angela et ses amies en train de glousser comme des idiotes dans un coin. Je lui parlais désormais rarement en public et elle s'adressait rarement à moi, même si, lorsque nous nous trouvions dans une situation où nous ne pouvions l'éviter, elle avait le sang-froid d'un espion de grande classe. Ce qui, bien entendu, embrasait mon désir. En quelques occasions ce soir-là nos regards se croisèrent, et nous échangeâmes un bref sourire. Je savais que nous devions être très vigilants. Doolittle Norris m'avait un peu déstabilisé avec ses insinuations.

Le banquet se termina avec le départ en masse d'enfants et de parents à 9 h 30. Angela et ses amies semblaient prêtes à partir dans peu de temps, et je les abordai.

— Vous partez toutes ? demandai-je.

Angela hocha la tête et sourit.

— Ouais. On va chez Marie regarder des films.

Elle était bien habillée ce soir-là, elle s'était maquillée discrètement. Ses cheveux étaient attachés en queue de cheval, elle portait un pull gris et une jupe au genou.

— Bonne idée.

Elles sourirent toutes les trois et allèrent lentement vers la porte tout en hochant la tête. Angela plissa un peu les yeux, comme pour dire : Sois discret. Ne me mets pas dans l'embarras. Je sus à ce moment-là avec certitude que les sœurs pudding ne savaient rien de nos petites soirées.

— Eh bien, amusez-vous bien.

Une par une, les familles se rassemblèrent et partirent, et je me retrouvai seul dans l'église. Les femmes avaient fait la vaisselle et les hommes avaient rangé les chaises pliantes ; il ne me restait plus qu'à parcourir le bâtiment, à éteindre les lumières et à fermer pour la nuit.

Il me fallut plus longtemps que d'habitude, mais lorsque je sortis, j'eus la surprise de voir, garé à côté de ma voiture, un pick-up dont le moteur tournait au ralenti sur le parking désert.

La fenêtre côté conducteur était baissée et je vis Norris Doolittle, la joue gonflée par une chique de tabac, un gobelet servant de crachoir posé sur le tableau de bord. Un enregistrement d'un livre audio me parvenait de l'intérieur, quelque chose sur l'invasion de la Normandie.

— Bonsoir, fis-je, avec un tremblement révélateur dans la voix.

— Bonsoir, Frère Webb, dit-il. Prêt à parler de la fille du pasteur ?

Chapitre 8

DOOLITTLE Norris souriait, il souriait méchamment, savourant mes contorsions.

— Que voulez-vous dire ? demandai-je.

Autant lutter un petit moment.

— Montez, dit-il en désignant la portière passager d'un signe de tête.

Le livre sur cassette continuait à radoter sur des vagues géantes qui emportaient les hommes avant de les engloutir.

— C'est un peu tard pour moi, répondis-je.

Il haussa les épaules.

— Il n'est pas si tard. Je vous parie que Frère Card est encore debout.

Il prit le gobelet posé devant lui, cracha et se gratta le nez.

— Probablement.

— Alors, montez, et bavardons un peu tous les deux.

Mon crâne me démangeait et j'avais froid au dos, mais je contournai le pick-up et montai. C'était un engin monstrueux, avec un tableau de bord éclairé de nombreux cadrans et une longue banquette. C'était comme si lui et moi n'étions pas dans le même fuseau horaire. Norris glissa le gobelet crachoir dans un compartiment à côté de ses genoux et passa la marche arrière. Il fonça jusqu'à la sortie du parking, laissa passer quelques voitures, et partit à toute allure dans la direction opposée, vers Fenton Road. Il y avait un petit drapeau américain accroché à son antenne radio qui battait furieusement au vent. Nous passâmes en trombe devant des stations essence et des maisons, de longues rangées d'arbres solitaires, et, pendant tout ce temps, l'homme sur la cassette parlait de soldats américains abattus avant même d'atteindre la plage.

— Pourrions-nous éteindre ça ? demandai-je.

Norris haussa les épaules et éteignit le poste. Lorsqu'il se pencha pour appuyer sur le bouton de l'appareil, je remarquai qu'il portait désormais un revolver à la ceinture. Il remarqua que j'avais remarqué et sourit.

— Dernier poste de défense entre moi et les méchants, dit-il.

— Et l'avant-poste, c'est quoi ?

— Le cœur, dit-il. Et les bonnes intentions. (Il cracha dans son gobelet.) Et la loi, bien entendu. Nul ne doit oublier la loi.

— Que voulez-vous ? demandai-je.

J'aurais voulu que mon ton de voix soit ferme, mais je parus faible et stupide.

Norris sortit un affreux mouchoir de sa poche et se tamponna la bouche.

— Ouais. Allons droit au but. C'est ce que je préfère, moi aussi.

Nous passâmes devant l'usine d'aluminium de Dyess et Norris dit :

— Alors, en fait, je me balade pas mal en ville le soir. Je patrouille, vous voyez. Je protège et je sers, jusqu'aux premières heures du jour. C'est très rasoir. Parfois, on fait fuir des nègres qui sortent de leur coin de la ville pour débarquer dans le nôtre. Parfois, on malmène des adolescents grande gueule. Mais généralement, on se promène en voiture. Voilà pourquoi j'écoute mes livres. Ça me donne quelque chose à penser pendant toutes ces nuits solitaires.

J'avais envie de dire : d'après ce qu'on m'a dit, vous ne vous ennuyez jamais. On m'a dit que vous passiez tout votre temps à gérer les drogues qui entrent dans ce comté. On m'a dit que les gens que vous tabassez sont les dealers qui ne vous paient pas leur écot. Je n'ouvris pas la bouche, bien sûr.

— Je suis vigilant, ceci dit, reprit-il. Par exemple, un soir, j'ai vu une fille qui descendait Church Street. Une ado. Un peu enveloppée. Alors, je m'apprête à m'arrêter pour lui parler, mais avant que j'aie le temps, qu'est-ce qu'elle fait ?

Il attendit jusqu'à ce que je réponde :

— Je ne sais pas.

— C'est drôle que vous ne sachiez pas, parce qu'elle allait chez vous. Alors, je me dis, c'est la maison que la vieille Mme McCarthy a donnée à l'église de Tim. Celle de l'aumônier. Et comme je me sens concerné par le bien-être de cette jeune fille qui me semblait être mineure, je reste dans le coin. J'attends une bonne heure – pendant laquelle, je vous signale, les lumières ne s'allument jamais dans la maison. Le noir. Puis, enfin, elle sort de la maison et je la suis jusqu'à chez elle. Je l'ai dépassée, j'ai attendu entre deux maisons, des trucs comme ça, et elle ne s'est aperçue de rien. Elle est rentrée tout droit à la maison du pasteur.

— Ce n'est pas ce que vous croyez, dis-je.

— Bien sûr que non, dit-il. J'ai l'esprit mal tourné, il n'a pas été lavé par le sang de l'agneau, je sais bien. Mais j'ai surveillé, le soir suivant, et le suivant, pendant mes rondes nocturnes, et elle y est beaucoup retournée.

OK. Nous y sommes. Je sais que, tout à l'heure, j'ai laissé sous-entendre qu'elle était seulement venue me voir quelques fois. J'imagine que c'était plus que ça. Maintenant que j'y pense, je me dis que c'était plus que ça. Mais la vérité, c'est qu'il ne se passait rien de mal. Nous étions amoureux, après tout.

La plupart des gens n'accepteraient pas la vérité, pourtant. Je le savais. Et je savais que Norris ne l'accepterait pas non plus. Alors, je mentis, et il se contenta de rire lorsque je détaillai mon mensonge, expliquai qu'elle et moi étions seulement amis, que nous parlions seulement des problèmes qu'elle avait avec son père, avec l'école, avec la vie. Il ne me crut pas une seconde.

— Bien sûr. Bien sûr, dit-il tandis que nous revenions sur Church Street. Vous ne faisiez que votre devoir d'aumônier, tard le soir, dans le noir, avec un petit brin de fille joufflu et mineur. Je vous crois complètement, mais la question qui se pose, c'est: son père, il vous croira, lui?

Je me recroquevillai dans le coin de son gros camion et ne dis rien. Que pouvais-je répondre à ça? Je risquais de perdre mon emploi. Et s'ils le pouvaient, les Card me feraient mettre en prison pour détournement de mineure, sous la garde de Doolittle Norris.

Norris passa devant ma maison ("La voilà, votre maison, c'est bien ça?") et devant celle des Card aussi. Il ralentit tout en me souriant dans le rétroviseur. Lorsque nous fûmes sortis du quartier, il coupa par le parking du Walmart, à quelques pâtés de maisons de là, et repartit vers l'église.

— Bien sûr, nous pourrions éviter tout ça. Mais il faudrait que vous fassiez quelque chose pour moi.

— Quoi? demandai-je.

Il hocha la tête.

— Voilà qui est mieux. Pas besoin de me raconter des bobards sur la fille. Je m'en fous. Elle a quoi… seize ans? Dix-sept? Y a pas si longtemps, elle aurait déjà un ou deux gamins. Y a des endroits dans le monde où on les marie à quatorze ou quinze ans.

— Qu'attendez-vous de moi? demandai-je sur un ton agressif. Je n'ai pas beaucoup d'argent, mais je peux vous en donner un peu. Dites-moi juste ce que vous voulez et laissez-moi donc tranquille, bon sang.

Il vira brusquement sur le côté et arrêta son pick-up. Je fus projeté violemment vers l'avant et me cognai la tête contre le pare-brise. Le temps que je retrouve mon équilibre, il avait dégainé son revolver et le pointait sur ma bouche.

Je me plaquai contre la portière et plantai mes ongles dans la garniture du siège. Dans la lumière émise par le tableau de bord, son visage avait pris une vilaine teinte orange:

— Rapidement, une petite séance de clarification. T'es une sale crapule, je te tiens. Et tu es à mes ordres. Tu joues les durs avec moi, ou tu me balades, et je saute l'étape prison, tu files direct en enfer. Je te mets une balle dans le crâne et je te planque sous un caillou dans les bois.

— OK, fis-je d'une voix plaintive.

— Tu me crois, maintenant?

— Oui, monsieur. S'il vous plaît, dites-moi juste ce que vous voulez.

Il me regarda fixement un moment, puis rengaina son arme. Il mit le pick-up en position drive et dit:

— Bon. J'voudrais pas qu'il y ait un malentendu entre nous. (Il sourit à nouveau et attrapa son crachoir.) Je veux que tu me rendes un petit service.

Je me décollai de la portière et me réinstallai sur la banquette. Doux Jésus.

— Tu sais qui est Mme Eleanor Dyess ?

— Non.

— La vieille dame qui fréquente ton église.

Je secouai la tête – en même temps, je ne faisais pas beaucoup d'efforts pour me souvenir. Je pensais encore au revolver pointé sur moi.

— Bien sûr que non. T'es trop occupé à sauter des adolescentes après le culte pour la remarquer. Mme Dyess est la veuve de Fred Dyess, qui possédait l'usine d'aluminium sur Fenton Road. Maintenant, c'est elle qui la possède. Ou la possédait.

— Que voulez-vous dire ?

— Elle est morte il y a deux ou trois heures. Cancer.

Je me souvins alors de Frère Card essayant de me parler d'elle le premier soir, lorsque j'étais venu dîner chez lui. Si seulement j'avais fait plus attention.

— Je me souviens d'elle maintenant, dis-je. Elle est tombée malade avant mon arrivée. Mais je ne l'ai jamais rencontrée.

— C'est compréhensible, vous êtes très occupé avec les jeunes, et tout.

Je ne répondis pas.

— Voilà ce qui se passe, reprit-il. Mme Dyess a confié quelque chose de très important à votre ami le pasteur.

— À Frère Card ?

— Celui-là même. Et il a cet important document chez lui, dans sa maison.

— Comment le savez-vous ?

Il haussa les épaules.

— La vieille dame, elle est toquée de religion. Il y a quelques années, elle s'est brouillée avec ses enfants, et la seule personne en qui elle avait confiance était Frère Card. L'avocat chargé de la répartition des biens de Mme Dyess est… un ami de la famille. Il était présent lorsque ton potentiel beau-père a rangé ce document dans le dernier tiroir de son bureau, chez lui.

— Mais comment savez-vous qu'il s'y trouve encore ? Peut-être qu'il l'a déplacé.

Doolittle Norris secoua la tête.

— Il y est. Il n'y a aucune raison qu'il le déplace. Pas avant demain matin, en tout cas.

— Mais…

— Arrête de parler, gronda-t-il. Bon Dieu. Tout ce dont tu dois te préoccuper, c'est comment pénétrer dans la maison et en sortir le document. Cambriolage simple. D'après la loi de cet État, t'es déjà coupable de viol, et tu te fais pas à l'idée d'un petit vol avec effraction ?

Je secouai la tête.

— Mais comment je vais m'y prendre ? Je n'ai jamais fait une chose pareille de toute ma vie.

— Eh bien, tu vas apprendre.

— Mais qu'est-ce que c'est, ce document ? Qu'est-ce que je cherche, exactement ?

Il laissa la question en suspens le temps que nous entrions sur le parking de l'église et que nous nous garions à côté de ma voiture.

— Son bureau, chez lui. Le dernier tiroir du côté droit. Là où il range ses documents de travail importants. Il y a une enveloppe en papier kraft avec DYESS écrit dessus au marqueur. Tu ne peux pas la rater. Je t'appelle demain soir. (Il désigna la portière d'un mouvement de tête.) Dégage.

J'ouvris la portière et descendis. Je me sentais ramolli, épuisé.

— Hé, fit-il.

— Ouais.

Je m'arrêtai, la main encore sur la poignée.

Il me regarda fixement pendant un long moment.

— Demain soir, y a intérêt à ce que tu aies cette putain d'enveloppe.

— Je comprends.

— Et je ne parle pas d'aller en prison sur une accusation de détournement de mineure, tu piges ?

— Oui.

— Bien. Au boulot.

Chapitre 9

J'ATTENDIS que le pick-up disparaisse au loin avant de me traîner jusqu'à l'église. J'étais trop malin pour ne pas penser à aller voir dans le bureau de Frère Card et examiner ses dossiers en douce. J'avais le fol espoir qu'il ait déplacé cette enveloppe et l'ait rangée à l'église. Sa porte n'était pas fermée à clé. Je fouillai son bureau de fond en comble. Mais ce fut en vain. Autrement dit, la seule option qui me restait, c'était de rentrer en voiture chez moi et de me préparer à cambrioler la maison des Card. En route, je passai à l'hôpital voir si la voiture de Frère Card se trouvait sur le parking. Elle n'y était pas. Je supposai qu'il était forcément présent lorsque la vieille dame était décédée, qu'il avait joué son rôle de consolateur, et qu'il était rentré se coucher.

Lorsque j'arrivai chez moi, j'allai dans ma chambre et m'écroulai sur le lit. Je réfléchis à ce qui venait de se passer. Je cherchais encore un moyen de m'en sortir.

Mais que pouvais-je faire d'autre qu'entrer dans la maison et essayer de prendre cette enveloppe ? Je suppose que j'aurais pu quitter la ville en catimini, en pleine disgrâce, ou peut-être aurais-je pu expliquer la situation aux Card. Ce n'était pas une bonne idée. Il fallait que je reste, que je sois près d'Angela, et pour ce faire il fallait que je me débarrasse de Doolittle Norris. Si, pour y arriver, je devais me balader dans la nuit, allons-y. Si je me faisais prendre, je serais foutu. Je perdrais mon emploi, assurément, mais au moins, lorsqu'ils appelleraient les flics, je pourrais compter sur Norris. Les risques étaient énormes, mais l'alternative ne comportait rien d'autre que de sinistres certitudes.

Je me ressaisis et enfilai les vêtements les plus sombres que j'avais. Bon Dieu, me dis-je tout en m'habillant, tout ceci est fou. Je n'avais jamais rien fait de tel auparavant, je ne m'étais jamais promené en douce la nuit, je n'étais jamais entré par effraction dans une maison. Mais tandis que je me préparais à le faire – glissant une petite lampe de poche et un petit couteau dans mes poches, mon état d'esprit se modifia légèrement. Malgré la peur, ou peut-être grâce à elle, je me sentais tout à fait réveillé, et j'étais ultra-conscient du moindre centimètre carré de mon corps. Je me sentais vivant.

Il faisait froid dehors, bien sûr, mais j'étais trop nerveux pour en souffrir vraiment. Je traversai les zones d'ombre de mon jardin, et je longeai les bois qui s'étendaient derrière les maisons de Church Street. À chaque maison que je passais, j'avais les cheveux qui se dressaient sur la tête, mais il n'y avait personne dehors. Deux ou trois chiens aboyèrent sur mon passage, mais ces satanés chiens aboyaient tout le temps pour une raison ou pour une autre. Tout le quartier était endormi. Je me contentai de rester à l'abri des ombres et des arbres, et je pris mon temps. Lorsque j'arrivai au bout de notre pâté de maisons, il me fallut traverser à découvert la rue qui coupait Church Street. Je la franchis en trottinant et entrai dans le bosquet de l'autre côté. De là, je traversai une étendue légèrement boisée et arrivai à l'entrée du quartier des Card. Je progressai à pas de loup le long des maisons et restai autant que possible sous le couvert des arbres. Les demeures étaient plongées dans le noir ; tout le monde était couché et dormait profondément. À partir de cet endroit-là, je ne croisai pas même un chien en train d'aboyer. Lorsque j'arrivai derrière chez les Card, je découvris sans surprise que toutes les lumières étaient éteintes.

Derrière moi, les bois semblaient respirer. Les branches craquaient et les aiguilles de pain parfumaient l'air nocturne. Je m'accroupis et examinai le jardin. Il y avait pas mal d'espace entre la maison des Card et celle de leurs voisins. J'essayai de me rappeler la disposition des pièces. La fenêtre du salon se trouvait à gauche et elle donnait sur quatre ou cinq mètres d'herbe et une palissade de deux mètres de haut. Cette barrière de bois semblait n'être rien de plus qu'une démarcation entre la propriété de Card et celle de son voisin.

Card m'avait raconté un jour que, dans son bureau aucune fenêtre ne s'ouvrait parce qu'il ne voulait pas être dérangé pendant ses prières. Le salon était donc le meilleur endroit pour examiner l'intérieur de la maison ; j'approchai d'une fenêtre et jetai un coup d'œil à l'intérieur. Le rebord était un peu haut, mais j'y voyais bien. La pièce était plongée dans la pénombre, bien entendu, mais je parvins à repérer le canapé et le grand téléviseur enveloppé d'ombres. La maison était endormie. Je contournai par-derrière et tentai d'actionner la poignée de la porte donnant sur le jardin. Fermée à clé, évidemment. Je retournai à la fenêtre du salon et essayai de l'ouvrir. Elle n'était pas bloquée.

Ma vessie me donna soudain l'impression qu'elle allait éclater. Mon cuir chevelu se crispa. Je retournai derrière la maison et cherchai quelque chose sur lequel je pourrais grimper. Je trouvai le billot de Frère Card à côté du tas de bois et le plaçai sous la fenêtre. Puis je la fis coulisser aussi doucement que possible, coupai la partie inférieure de la moustiquaire et arrachai le cadre. Je le laissai tomber sur l'herbe. J'eus de la peine à me hisser sur le rebord et à franchir la fenêtre. Il était difficile d'agir silencieusement et je n'ai pas exactement la souplesse d'un chat, mais je me laissai tomber sur la moquette du salon sans faire trop de bruit.

La maison me paraissait chaude après ma promenade dans l'air nocturne glacial, et je restai accroupi un moment à côté de la fenêtre, le temps que mes doigts et mes orteils dégèlent. Je n'avais pas vraiment eu froid jusque-là, mais une fois arrivé dans la maison des Card, je grelottai.

Dans la maison régnait ce fragile silence qui envahit tous les lieux quand vient la nuit. Chacun de mes mouvements paraissait amplifié un millier de fois. Lorsque je finis par retrouver mon calme et entrepris de traverser la pièce, j'eus l'impression de marcher sur une plaque de verre.

J'entendais bourdonner le réfrigérateur dans la cuisine, mais autrement la maison était silencieuse. Je passai à pas de loup devant la cuisine et avançai précautionneusement dans le couloir couvert de moquette. Je marchais comme si le plancher risquait de craquer à chacun de mes pas. Je dépassai la porte de la salle de bain, qui était fermée. Sous la porte ne filtrait pas de lumière. La porte du bureau était ouverte, et j'entrai. Je refermai la porte derrière moi. Délicatement. J'allumai ma lampe-torche. Le bureau. Je m'accroupis. Ouvris le dernier tiroir. Délicatement. Elle était là.

C'était une grande enveloppe en papier kraft avec DYESS écrit au gros feutre. Je la glissai dans la poche de mon manteau et j'étais en train de me relever lorsque j'entendis quelqu'un tirer la chasse d'eau et ouvrir la porte de la salle de bain.

En me baissant à nouveau, je fis tomber un presse-papiers du bureau de Card ; la saloperie atterrit sur la moquette avec un bruit sourd. Je tripotai fébrilement la lampe-torche, mais réussis à l'éteindre.

Puis ce fut le silence.

Un silence assourdissant.

Rien.

Je ne respirais plus.

Puis il y eut le bruit d'un mouvement, le bruit d'un poids qui s'éloignait de moi et se dirigeait vers la cuisine.

Je me relevai à moitié et ne vis rien, bien sûr, que la porte du bureau. Il était possible que la chasse d'eau ait couvert le bruit du presse-papiers ; la personne qui s'était trouvée dans la salle de bain n'avait peut-être rien entendu. N'avait peut-être pas vu la lumière.

Mon corps était tendu – mais pas d'une manière inutile. J'étais aux aguets, prêt. J'essuyai la transpiration qui dégoulinait sur mon front et sentis la sueur couler de mes aisselles.

J'attendis.

Chaque seconde pesait une tonne.

Je continuai à attendre.

Pas un son ne provenait de la cuisine. Rien.

Étaient-ils au téléphone avec la police ? J'en doutais. On essayerait d'identifier le bruit d'un presse-papiers qui tombe avant de composer le numéro de la police. La personne avait-elle vu la lumière ? Était-elle passée à côté et était-elle allée se coucher ? Il était possible que j'aie mal entendu, que j'aie seulement imaginé qu'elle soit allée à la cuisine.

Plus j'attendais, plus ça me paraissait vraisemblable.

Une chose était certaine : je ne pouvais pas me contenter d'attendre. Plus j'attendais, plus j'avais de chances de me faire prendre. Le bureau comportait une petite fenêtre, mais Card, qui était plus préoccupé par les livres et la solitude que par la vue sur son jardin, l'avait obturée avec deux lourdes étagères. Pour rendre la situation encore plus compliquée, les étagères s'étaient incrustées dans la moquette depuis longtemps. Même si je m'étais fichu du bruit, je n'aurais pas pu les pousser sur le côté pour sortir par la fenêtre.

Il ne se passait rien derrière cette porte. Pas de chuchotement. Pas de bruits de pas. Pas de téléphone décroché. Rien.

Il fallait que je bouge.

Je me relevai, avançai tout doucement – on aurait dit que je lévitais – jusqu'à la porte et je tendis l'oreille. Avec application. Mais il n'y avait rien, bon Dieu. Je vous le dis. Pas un bruit. Je décidai d'en avoir le cœur net. Si l'un des Card était levé et circulait, il ne me resterait plus qu'à me précipiter vers la fenêtre. Je n'avais pas d'autre choix.

J'entrouvris délicatement la porte, et elle émit un léger bruit de succion, comme un vide qui se remplit d'air tout d'un coup, et je l'ouvris plus grand. Les charnières grincèrent. Je m'immobilisai.

Rien.

J'entrai dans le hall. Les chambres à coucher se trouvaient au bout, l'une en face de l'autre, et les deux portes étaient légèrement entrouvertes, mais tout était sombre et silencieux.

Je remontai le couloir en direction du salon. Je passai devant la salle de bain. La porte était ouverte et un vague clair de lune filtrait dans le noir.

Tout en progressant à pas de loup, je passai devant la cuisine. En silence. J'étais presque arrivé à la fenêtre du salon lorsque je me rendis compte qu'il y avait quelqu'un dans la cuisine, en train de me regarder.

Chapitre 10

C'ÉTAIT Sœur Card.

Elle était pétrifiée. Elle portait un long T-shirt et des socquettes roses. Et elle tenait ce satané couteau de boucher. Lorsque je me tournai, elle essaya de crier, mais rien ne sortit de sa bouche. Le tableau était tellement absurde que j'aurais pu éclater de rire, mais je m'en abstins.

Je me jetai sur elle. Je n'avais pas de plan. Je ne réfléchis pas. Je le fis, un point c'est tout. Je bondis droit sur elle et je lui assénai un coup de poing. Je n'avais jamais cogné personne avant ; l'impact me fit mal à la main, j'en fus abasourdi. Sœur Card tomba à la renverse. La pauvre femme n'avait même pas brandi le couteau. Je crois qu'elle était trop effrayée. À mon avis, elle n'avait même pas eu le temps de comprendre que c'était moi.

Je lui arrachai le couteau des mains. Je le lui enfonçai dans la poitrine, dans le ventre, dans la gorge, encore et encore, sans réfléchir, jusqu'à ce qu'elle cesse de se débattre et que le cri qui ne sortit jamais du fond de sa gorge finisse par se dissoudre dans un bref bouillonnement de bulles. Elle mourut.

Et ce fut tout.

J'étais un meurtrier. L'acte entier n'avait probablement pas pris plus de deux minutes. Sœur Card avait vécu une quarantaine d'années – elle était née, avait grandi, était tombée amoureuse, s'était mariée, avait couché, avait fait des enfants, réuni des amis, perdu des amis... et en deux minutes, je l'avais assassinée.

Je m'accroupis à côté de son corps, sentant le linoléum collant de sang sous mes genoux, et je la regardai.

Morte.

Je pensais à tout ça lorsque Frère Card hurla. Il nous avait entendus gesticuler dans la cuisine et il s'était précipité, pour trouver sa femme morte allongée par terre à côté de moi. Ses cheveux étaient dressés sur sa tête comme s'il était fou à lier, et il portait un simple T-shirt orange et un caleçon blanc. Il se jeta sur moi en hurlant. Il savait bien que c'était moi. Je lus l'horreur dans ses yeux, dans son visage. Il devait penser qu'il était en plein cauchemar, ou peut-être en enfer. En venant dans ma direction, il glissa un peu sur le sang versé par sa femme, et je plantai le couteau dans sa gorge, traversant sa pomme d'Adam, montant vers le sommet de son crâne. Tout se produisit très rapidement, encore plus rapidement qu'avec Sœur Card, même si Frère Card fit plus de bruit. Il poussa un cri, un cri aigu, presque féminin, mais le couteau déchira trop violemment sa gorge. Il essaya de m'étrangler, mais je ne cessai de pousser le couteau, essayant d'atteindre son cerveau, et le manche craqua, mais je continuai à faire pression. Il continua à se débattre et, bien qu'il ne le sût pas, plus il essayait de se cramponner à moi, plus il m'aidait ; je ne cessai de pousser. Finalement, il ne put résister ; essaya de serrer son cou, mais à ce stade, il était trop tard. Il s'étouffait. Je poussai encore. Et il finit par cesser de bouger.

Lorsque tout fut terminé, je restai là, couvert de leur sang, tremblant comme un nouveau-né. Je me levai péniblement et m'avachis sur une chaise de cuisine. Puis je les regardai. Frère

Card était aux pieds de sa femme, les mains encore serrées autour de sa gorge. Sœur Card contemplait le plafond. Tout était inondé de sang comme si quelqu'un en avait renversé un seau entier sur nous.

Je ne sais pas combien de temps je restai là. Trop longtemps pour que ce ne soit pas risqué, je suppose, mais il ne se passa rien. Je restai là, à les regarder, ils restaient morts.

— Bon Dieu, dis-je enfin.

Je le dis comme un juron, bien sûr, mais lorsque les mots sortirent, ils restèrent là, suspendus : Bon Dieu. Je regardai les Card. Rien. Ils formaient un tas sanguinolent de chair et d'os, tout comme moi. J'étais assis sur une chaise en bois, devant une table en bois que quelqu'un avait fabriquée à partir d'un arbre. Tout paraissait lourd, solide. Même le nom de Dieu. Soudain, on aurait dit qu'il y avait un dieu. C'était comme si j'avais toujours été un peu décalé et que quelqu'un m'avait donné un petit coup : soudain, l'espace d'une seconde, j'étais parfaitement centré et tout me paraissait épais, dur et réel.

Je secouai la tête pour m'éclaircir les idées et je me levai. J'avais des choses importantes à régler. Concentration. Et si Card avait passé un coup de fil avant d'entrer et que la police était en route ? J'allai jusqu'à la fenêtre donnant sur la rue et écartai les rideaux. La rue était déserte et silencieuse. Je me retournai, puis je vis quelque chose qui me fit sourire. J'allai jusqu'au canapé et saisis le téléphone sans fil posé sur un coussin. Le seul téléphone de la maison.

Après m'être assuré que toutes les fenêtres et les stores de la maison étaient fermés, je retournai à la salle de bain et allumai la lumière. Sous les taches d'un rouge luisant, mon visage était pâle. Je fis couler de l'eau chaude et me lavai ; de l'eau rose tournoya et disparut, non sans éclabousser l'émail du lavabo. Je regardai dans le miroir à nouveau ; mon visage était toujours ensanglanté. Plus je regardais le sang, qui une heure auparavant coulait dans leurs veines et imbibait leurs muscles, plus il devenait dégoûtant. J'enlevai mes vêtements tachés de sang et entrai dans la douche.

Peut-être que le fait de prendre une douche exactement à ce moment-là vous paraît délirant. C'était peut-être vrai, peut-être que je suis fou. Je ne sais pas. Ce que je sais, c'est que je n'ai jamais été plus rationnel que tout de suite après avoir tué les Card. Il était tard et les voisins étaient probablement endormis. Je n'avais aucune raison de penser que les flics étaient en route, et je calculai que le fait de rester et de me doucher était certes risqué, mais c'était une décision plus maligne que de me balader dans la forêt imbibé d'ADN. Il valait mieux envoyer la plupart des preuves dans la tuyauterie.

Tout en prenant cette douche rapide, je fus aussi objectif que possible. C'était comme si je résolvais une équation. Je fis couler l'eau chaude et me frottai fort, me lavant avec du savon et du shampoing. Une fois que le choc initial d'avoir tué les Card fut passé, je n'étais plus qu'un homme tentant de résoudre un problème. Je n'avais aucune expérience dans ce genre de choses, bien entendu. Je n'avais pas prévu de tuer les Card, et je ne m'étais pas du tout préparé. Il fallait que j'improvise, et il me fallait le faire vite. Le temps que je finisse ma petite douche, j'avais tout organisé dans ma tête.

Je me séchai, allai dans la chambre des Card et enfilai une paire de chaussons appartenant à Frère Card, un caleçon kaki, et son T-shirt rouge marqué ET SI ON PARLAIT DE JÉSUS. Puis je dénichai les vêtements les plus sombres de Card, une paire de chaussures noires habillées, un pantalon noir, un pull marron foncé et une veste noire. Je les disposai sur le lit et je retournai dans la cuisine. Le spectacle était horrible. Les Card étaient exactement là où je les avais laissés, les yeux ouverts, vides, caoutchouteux. C'était bizarre, vraiment, à quel point ils n'étaient plus des gens. Ils étaient des objets sur le sol. Ils n'avaient plus de respiration, plus de pensées, plus d'avenir. Ils n'étaient plus que des objets. Des objets qui ne ressemblaient à rien. La pièce était couverte de sang : de sang séché, de sang collant et de sang liquide.

Je sortis pour aller au garage et fouillai jusqu'à trouver un jerrican en plastique plein aux trois quarts d'essence. Je l'apportai à la cuisine et le posai sur la table.

Puis je sortis les couverts à salade de Sœur Card, allai jusqu'à la salle de bain et attrapai mes vêtements ensanglantés comme si je commençais une expérience scientifique. Autant que possible, j'essayai de ne pas être en contact avec le sang. Je sortis l'enveloppe froissée de ma veste. Elle n'était pas en bon état, mais elle n'était pas tachée de sang. Je la laissai avec les vêtements propres dans la chambre. Puis je retournai à la salle de bain, jetai mes vêtements souillés sur les corps des Card et retournai dans le couloir pour aller jusqu'à la chambre d'Angela. Elle était telle que je me l'étais imaginée : une chambre de fille, sentant son parfum. Il y avait un bureau sur lequel était posée une pile de livres d'école. Un grand lit avec un édredon blanc et un cache-sommier rose. Les murs étaient ornés de photos de loutres et de dauphins, d'une mappemonde et d'un poster d'un orchestre de rock chrétien merdique appelé By His Stripes.

J'ouvris sa commode, passai en revue ses sous-vêtements, regardai ses albums annuels (sa photo était morose, elle me rendit triste, mais il y avait une couronne de cœurs autour de la photo d'Oscar, et je reposai le livre). Je me mis à fouiller ses placards. J'espérai trouver un journal intime quelconque, mais apparemment elle n'en tenait pas.

J'ôtai l'édredon du lit, éteignis la lumière et emportai l'édredon jusqu'à la pièce des horreurs. J'arrosai les Card d'essence, mais je veillai à ne pas en utiliser une trop grande quantité trop rapidement et à ne pas en éclabousser sur moi. Je traçai une ligne d'essence dans le couloir, en mis aussi dans la salle de bain sur les serviettes sèches. J'en laissai une traînée dans chacune des deux chambres. Je vidai complètement mon jerrican en faisant le tour du lit des Card. Je cherchai sous l'évier de la cuisine et trouvai du carburant à briquet; j'allai dans le bureau de Frère Card et aspergeai ses livres et ses papiers. Tout ce qui brûlerait bien. Je fis la même chose dans le salon, m'assurant de ne pas oublier la moquette et le canapé.

Ensuite, j'enlevai le T-shirt et le short et enfilai les vêtements sombres que j'avais préparés sur le lit. Je glissai l'enveloppe marquée DYESS dans la poche de la veste et retournai dans le couloir. Je fourrai l'édredon d'Angela dans le four, après l'avoir imbibé avec ce qui restait de l'essence à briquet. Les allumettes se trouvaient dans un tiroir sous le micro-ondes. Une fois que j'eus allumé le four et la gazinière, je craquai une allumette et la laissai tomber sur les Card.

Chapitre 11

Je pris mon temps pour rentrer chez moi, m'enfonçant plus profondément dans les bois qu'à l'aller, et essayant de rester calme. Les rues étaient silencieuses, et je fus silencieux moi aussi. Je savais qu'il valait mieux ne pas rentrer en courant. Rester calme.

Allongé sur mon lit une fois rentré, je passai en revue les papiers qui se trouvaient dans l'enveloppe avant de les ranger. A priori je ne suis pas très compétent pour comprendre les documents légaux, et mes fichues mains ne cessaient de trembler, mais les papiers étaient assez clairs. Il s'agissait de la copie d'un testament, et je compris que Mme Dyess avait transféré la propriété de l'usine d'aluminium à l'Église. Je ne parvenais pas à me concentrer vraiment, mais ce fut ce que je retins de ma lecture. Je vis aussi les mots "supérieur à quatre millions de dollars".

C'était bien ce que je pensais. Apparemment, l'avocat de Mme Dyess était un type appelé Vandover Norris. Je me dis qu'il était "l'ami de la famille" que Doolittle avait mentionné. J'essayai de raisonner, essayai de comprendre ce que les Norris trafiquaient, mais je ne parvenais pas à me concentrer. Je rangeai les papiers dans ma malle, dans mon placard, sous mes films porno et, épuisé, je me jetai sur mon lit pour dormir. Mais j'étais trop énervé. Mon esprit s'agitait en tous sens.

Ce que je venais de faire me semblait avoir eu lieu dans une vie antérieure, comme si c'était un vieux souvenir enfoui et non quelque chose qui s'était produit quelques heures auparavant. Mais c'était bien arrivé. Deux personnes étaient mortes. Deux personnes qui étaient vivantes ne l'étaient plus parce que j'avais décidé, d'une manière désinvolte, je dois l'avouer, de leur prendre la vie.

La véritable importance de tout cela ne m'apparut que plus tard, mais tandis que j'étais allongé là, pendant les premières heures silencieuses du jour – sachant que, pas loin de là, la maison des Card était un brasier infernal –, je ne parvenais pas à chasser cette idée de mon esprit. Je n'étais pas pétri de culpabilité, comprenez-moi bien. J'aimerais bien dire que je l'étais, mais ce n'était pas le cas. Les Card n'avaient pas mérité de mourir plus que d'autres, mais je ne les avais pas tués parce qu'ils le méritaient. Il se trouvait juste que ça s'était passé comme ça. Et j'y pensais en ces termes. Je ne parvenais pas à croire vraiment que c'était arrivé. Peut-être que cela avait été facile parce que je n'avais jamais aimé Sœur Card et qu'elle ne m'avait jamais aimé. Peut-être que j'avais tout simplement peur. Pourquoi de telles choses arrivent-elles, pour commencer ? Je ne sais pas. Elles arrivent, c'est tout. S'il y a un dieu, je suppose que ce genre de chose doit faire partie de sa nature et de son grand dessein. Peut-être que c'est l'idée qu'il se fait d'une plaisanterie – les ironies imbriquées de sa nature à la complexité insondable. S'il n'y a pas de dieu, alors ce genre de méchanceté est simplement une facette de la psyché humaine, un défaut que nous n'avons pas encore bien identifié, et que nous n'identifierons probablement pas complètement.

J'essayai de penser à Angela, mais elle commençait à paraître insignifiante en comparaison de ce que j'avais fait pour elle. J'en conçus de la colère pendant un moment, mais je laissai passer. Pas la peine de me fâcher contre elle. Elle n'avait rien fait; au moment précis des faits, elle se trouvait chez une amie, elle dormait sans doute profondément, sans avoir la moindre idée que ses parents étaient morts. J'étais stupide de me mettre en colère contre elle.

D'une certaine façon – et je suis parfaitement conscient que vous allez peut-être avoir du mal à franchir ce pas, mais rendez-moi service, essayez – il semblait qu'un véritable bien pouvait sortir de ce que j'avais fait. Dans un sens, la situation pour moi venait de s'améliorer. Les Card avaient toujours été le seul véritable obstacle entre Angela et moi. Restait peut-être Oscar, mais il n'était qu'un petit joueur de basket-ball pathétique. L'avait-elle jamais aimé? J'en doute. L'amour à cet âge, qu'est-ce que c'est vraiment? Rien que le combat entre les hormones et l'insécurité affective dans un espace où les choix sont restreints.

Je l'aimais vraiment.

Ou je pensais l'aimer. Beaucoup de gens diraient que ce n'était pas le cas. Mais disons les choses dans les termes suivants: j'avais tué pour elle. Je n'avais pas prévu les choses ainsi, mais lorsque le défi s'était présenté, je l'avais relevé. J'avais tué des gens pour elle, comme Abraham avait été prêt à sacrifier Isaac pour prouver qu'il aimait Dieu. Dieu lui-même exigeait ce genre d'amour. Quel degré de démence cela pouvait-il atteindre? Je n'étais pas désespéré après avoir tué les Card, j'étais content. Je savourais la chose. Quoi qu'il puisse arriver, je serai uni à Angela pour toujours. Elle aurait besoin de moi plus que jamais.

Plus je pensais à elle, cependant, plus quelque chose me tracassait. Le dernier obstacle.

Doolittle Norris. Je ne voulais pas trop penser à lui ni à notre inévitable confrontation. Le fait de trop penser essore la tête. Il fallait que j'aie l'esprit clair lorsque je le verrais. Je décidai de ne pas penser à lui.

Ce qui me laissait avec rien, sauf de vraiment Grandes Questions sur les implications morales de ce que j'avais fait. Et dans le fond, on n'aime pas beaucoup réfléchir à ce genre de trucs merdiques. Je regardai un film porno et finis par m'endormir.

On sonna à la porte environ trois heures plus tard. Il était tôt et la lumière du jour commençait tout juste à faire voler en éclats le ciel nocturne. J'ouvris la porte. Doolittle Norris entra en force, me jeta par terre et claqua la porte derrière lui. Il alla jusqu'aux rideaux et jeta un coup d'œil à l'extérieur.

Puis il se retourna brusquement.

— Mais qu'est-ce qui s'est passé, putain de merde ?

Je désignai la porte.

— Est-ce que quelqu'un vous a vu entrer ?

Il me regarda comme si j'avais perdu l'esprit.

— Non. Tu penses que je veux que des gens me voient entrer ici, à cet instant précis ?

— Non, je ne crois pas.

Je ne pus retenir un petit sourire en le disant.

Il me regarda pendant un long moment, recula d'un pas et s'appuya contre le mur.

— Alors, espèce de petit fils de pute. Espèce de salopard de merde.

Je haussai les épaules et me levai péniblement.

— Vous voulez vous asseoir ?

— Non.

— Alors, venons-en au fait, dis-je. J'ai ce que vous voulez. J'ai fait quelque chose pour vous, maintenant, vous pouvez faire quelque chose pour moi.

— Tuer le pasteur et sa femme, et mettre le feu à leur maison, ce n'était pas mon idée. C'était la tienne.

— C'est vrai. Voilà pourquoi vous êtes complice, dis-je. Je parie que moi, j'aurai droit à l'injection létale, et vous, à dix ou quinze ans, pas plus. Mais je doute que vous vouliez ça. À mon avis, vous ne voulez pas aller en prison du tout.

La violence embrasa ses yeux et ses joues rougeaudes étaient gorgées de sang; mais ce n'était pas en tabassant les gens sans être certain d'en tirer bénéfice qu'il était devenu le criminel qu'il était. Il me regarda fixement et dit:

— Faites attention à ce que vous allez dire.

— Je ferai attention. Mais vous voyez bien que j'ai raison. Je suis assis sur quelques millions de dollars à votre place. Quel que soit votre projet pour les obtenir, la clé, c'est moi. J'ai le testament. Vous en avez besoin et je l'ai.

— Qu'est-ce qui te fait penser que j'en ai besoin maintenant? Je pourrais me contenter de dire qu'il a brûlé dans l'incendie.

Je secouai la tête.

— Allez, ne me traitez pas comme ça. Nous savons tous les deux pourquoi vous êtes ici. Si vous n'aviez pas besoin de moi, je serais en prison ou déjà mort. Vous ne pouvez pas me jeter en prison parce que vous savez que je vous dénoncerais comme complice, et vous ne voulez pas me tuer parce que j'ai la clé qui vous donne accès à l'argent de la vieille Dyess.

J'avais raison. Il me regarda droit dans les yeux et réfléchit ; je voyais bien qu'il savait que j'avais raison.

— Où se trouve l'enveloppe ? demanda-t-il en haussant les épaules.

Je lui souris, feignant la déception. Il haussa de nouveau les épaules.

— Alors, dit-il. Tu l'as planquée quelque part. Qu'est-ce que tu veux ?

— Deux choses. Pas des grosses choses, d'ailleurs. D'abord, je veux que vous vous occupiez de ce petit merdier que nous avons sur les bras.

Il se passa la main dans les cheveux et se frotta les yeux.

— C'est un cauchemar infernal, là-bas.

— Est-ce que vous pouvez le faire passer pour un accident ?

— Bon Dieu, non. On dirait bien une scène de meurtre. Je ne suis pas seul sur le coup, tu sais. Tous ceux qui voient ça se rendent compte que c'est une scène de crime. (Son visage se crispa en une grimace de plus en plus révulsée à mesure qu'il y pensait.) Un accident ? Tu as perdu la boule, espèce de salopard dégénéré ? Il y a un type avec un putain de couteau planté dans le crâne. (Il secoua la tête.) Je ne peux pas faire passer ça pour un accident.

Je haussai les épaules.

— Bon, c'est un meurtre. Enquêtez donc comme s'il s'agissait d'un meurtre. Mais vous savez où ça ne peut pas vous mener.

Il fit la moue et pesa les chances qu'il avait de réussir.

— Ça ne va pas être aussi facile que tu crois.

— C'est votre problème, maintenant.

Je ne sais pas pourquoi je le cherchais, mais il ne réagit pas du tout. Il se contenta de se gratter le menton et de demander :

— Quelle est ta seconde condition ?

— Que vous vous assuriez qu'Angela reste en ville.

— Angela…

— La fille du pasteur.

— Oh, fit-il en traînant sur la syllabe. La fille du pasteur.

Il secoua la tête et se frotta l'arête du nez.

— Elle a une tante en ville, dis-je. Assurez-vous qu'elle reste chez elle. Je ne veux pas qu'on l'envoie au fond du Texas chez ses grands-parents. Dites qu'il faut qu'elle reste ici. Balancez un peu de bla-bla de flic et ça ira bien.

— Et après ?

Je haussai les épaules.

— Dès que l'enquête sera close, vous aurez vos papiers.

Il se décolla du mur et dit :

— Je reprendrai contact. Ne t'avise pas de m'appeler. Attends-toi à ce que je débarque.

— OK.

Il hocha une dernière fois la tête, alla jusqu'à la fenêtre et glissa un regard dehors. Ensuite, sans ajouter un mot, il sortit dans les premières lueurs de l'aube.

Quand j'y repense, je crois qu'il avait déjà décidé de me tuer.

Chapitre 12

Les jours suivants furent consacrés à gérer les réactions à la mort des Card. Le président du collège des diacres m'appela en larmes au petit matin le jour des meurtres pour m'informer de ce qui s'était passé. C'était un vieux monsieur, mais je ne crois pas qu'il eût jamais vécu un événement semblable.

Je réagis comme il s'y attendait. Je fus ébranlé, secoué, horrifié, mais courageux et prêt à affronter ce qui se présentait, l'assurant que nous avions besoin de prières et de supplications au Seigneur maintenant plus que jamais. Je lui demandai d'organiser une réunion avec les diacres pour le soir même.

— Ce qui est important pour nous, dans un moment comme celui-ci, dis-je, c'est que nous restions proches du Seigneur et proches les uns des autres.

— Je ne pourrais être plus d'accord.

— À combien de personnes avez-vous parlé ?

— Juste quelques-unes. Nick Hargrove m'a appelé pour me mettre au courant.

Le brillant jeune homme s'avançait déjà. Forcément.

— Comment l'a-t-il appris ? demandai-je.

— Eh bien, comme vous le savez peut-être, son beau-frère est le shérif, me dit le président.

— Je n'ai pas eu l'impression qu'ils étaient en bons termes.

— Je crois bien que vous avez raison, mais le shérif a dû se sentir obligé de dire à sa sœur que son pasteur était mort.

— Je vois. Et vous n'avez pas parlé à d'autres gens avant de m'appeler ?

— J'ai passé un ou deux appels, mais je suppose que tout le monde est au courant, désormais.

— J'imagine, dis-je. C'est une bonne raison pour que le personnel titulaire et les diacres se rencontrent.

— Absolument, dit-il. Je suis certain que Nick sera du même avis.

Une fois que j'eus raccroché, je fis la tournée. Je passai par la maison du maître de chapelle, fis un saut chez l'aumônier des seniors, et je m'arrêtai à l'église pour aider le secrétaire à passer des coups de fil pendant quelques heures. Ensuite, je décidai d'aller voir Nick Hargrove.

Le brillant jeune homme avait une belle maison dans un joli quartier à côté de l'école. Il y avait une nouvelle voiture rutilante sous le panier de basket installé dans l'allée du garage. En montant vers la porte d'entrée, je vis le bord d'une piscine pointant derrière la maison.

La femme de Nick ouvrit la porte. Lacey Hargrove était une blonde aux joues roses et aux dents joliment proéminentes, mais elle avait un bébé en train de pleurer sur la hanche et elle paraissait lasse.

— Il est dans son bureau, dit-elle.

J'essayai de voir la ressemblance entre elle et Doolittle Norris, mais il n'y en avait pas. Rien chez elle ne l'estampillait comme une Norris. On ne saura jamais si c'était la génétique ou l'œuvre du Saint-Esprit.

Elle m'emmena dans la maison, et je regardai son cul se balancer tandis qu'elle descendait le couloir. Le bébé cessa de pleurer et me regarda regarder le cul de sa mère. Je haussai les épaules.

— Nick, dit-elle en frappant à la porte.

Nick était assis à son bureau et il se tourna lorsque nous entrâmes. Il se leva.

— Hé…

Il embrassa sa femme sur la joue et me serra la main.

— Tu pourrais la prendre ? demanda Lacey.

Nick fit la grimace, mais prit l'enfant sans un mot. Lacey partit.

— Asseyez-vous, dit-il.

Je pris place sur une chaise au dossier raide à côté du bureau et nous échangeâmes nos regrets sur le décès des Card. Je me mis en pilotage automatique et dis tout ce que j'étais censé dire. Pendant qu'il parlait, j'examinai la pièce.

Elle était bien rangée et propre. Il y avait deux étagères couvertes de livres d'histoire, de religion et de politique. Des peintures représentant des anges aux cheveux blonds et des nuages baignés de soleil étaient accrochées aux murs, et au-dessus de son bureau, à côté d'une liste partielle de missionnaires baptistes du Sud, une mappemonde couverte de punaises donnait à Nick sa vision de la situation globale.

Il cessa de parler et serra l'enfant contre sa poitrine. La petite paraissait sur le point d'éclater en sanglots.

Nick sourit lorsqu'il surprit le regard que je portais sur elle.

— Elle m'aime bien. C'est drôle, dit-il. Elle est plus à l'aise avec moi qu'avec sa mère. (Il secoua la tête.) Bizarre.

— Effectivement.

— Avez-vous déjà pensé à avoir des enfants ? demanda-t-il.

Je haussai les épaules.

— J'y ai un peu pensé, mais disons que pour le moment je suis uni à la mission que le Seigneur me confie.

Nick approuva d'un mouvement de la tête, mais son regard se porta sur sa fille plutôt que sur moi. Il savait, quelque part, que j'étais bidon. J'avais envie de rire. Lui et moi n'aurions pas pu être plus différents. Il était dynamique, beau, un père de famille dévoué, engagé activement auprès de plusieurs groupes conservateurs, athlétique et chaleureux. Il était l'avenir de l'église et tout le monde le savait.

Mais ça allait être la foire d'empoigne pour la récupérer.

— Êtes-vous passé voir Angela ? demanda-t-il.

— Pas encore.

Nick fronça les sourcils.

— J'aurais pensé que cela serait votre priorité.

— Eh bien, je voulais discuter des affaires relatives à notre église avec vous, bredouillai-je.

— Nous avons une réunion prévue. Nous allons discuter des "affaires de l'église" pendant des jours et des jours, des mois et des mois. Ne pensez-vous pas que vous devriez vous occuper de vos ouailles ?

La vérité, c'était que j'avais une trouille bleue de voir Angela, mais comment pouvais-je dire une chose pareille ?

— Je vais y aller, dis-je en essayant de ne pas me fâcher contre lui. Je voulais juste vous voir pour échanger avec vous sur la direction que nous devrions prendre avec l'église.

Il soupira et tapota le dos minuscule de sa fille.

— Je crois que nous devrions commencer à chercher un nouveau pasteur le plus vite possible. Je pense que c'est le plus important, mais honnêtement... si on parle de ce qui doit être fait en priorité, vous devriez aller voir Angela. C'est là qu'on a besoin de vous.

Il ne me restait qu'à hocher la tête et à me lever.

— Je voulais juste passer, c'est tout. J'étais en route vers chez Angela, d'ailleurs.

Il sourit. Bien sûr.

— À très vite, dit-il.

— Vous pouvez compter là-dessus, répondis-je, avec un tout petit peu trop de force.

Je n'avais plus le choix, désormais. Il fallait que je la voie. Le truc drôle, c'était que je n'avais pas réalisé que je cherchais à éviter de lui parler, mais maintenant mes mains tremblaient. Je pris ma voiture et conduisis jusqu'à la maison de la sœur de Frère Card. C'était une blonde squelettique avec des dents minuscules plantées dans d'immenses gencives ; lorsqu'elle ouvrit la porte, je vis qu'elle avait beaucoup pleuré.

— Angela est là, dit-elle.

— Comment va-t-elle ?

La femme pressa son poing contre ses lèvres et ravala un sanglot.

— Elle ne veut pas dire un mot. Je suis contente que vous soyez là.

Je la réconfortai et allai voir Angela.

Elle était dans la chambre de sa cousine, sur le lit. Curieusement, elle ne pleurait pas. Son visage était fermé, figé dans une mine renfrognée. Elle portait sans la moindre grâce un jean et un pull, et elle se tenait assise dos contre le mur comme si quelqu'un l'avait placée là pour la punir.

— Je suis désolé, dis-je et je la pris dans mes bras – "pris" est le mot important ici.

Elle se laissa faire, flasque comme tout.

Lentement, elle s'écarta de moi et s'appuya contre le mur. Je lui tapotai le genou.

— Y a-t-il quelque chose que je puisse faire ? demandai-je.

Elle examina son pouce et repoussa une petite peau. Je remarquai ses ongles fraîchement vernis. Je me dis qu'elle l'avait fait chez son amie, pensant au moment où elle me les montrerait.

— Le Seigneur t'aime profondément, dis-je. Ainsi que tes parents. Ils sont au paradis, désormais, et ils te regardent de là-haut. Tu le sais, n'est-ce pas ? Ils sont en paix. Ils ne souffrent pas du tout.

Elle repoussa le morceau de peau plus fort, grimaçant un peu.

— Tu sais que je suis là pour toi, dis-je, me penchant vers elle.

Je touchai son genou. Elle regarda ma main comme si c'était quelque chose qu'elle n'avait jamais vu auparavant.

— Je t'aime infiniment, lui dis-je. Tu sais que je suis là pour toi. Je t'aime et je t'aimerai toujours.

Je me levai et me dirigeai vers la porte. Un poster de By His Stripes y était accroché. Je pensai au poster dans sa chambre, se décollant du mur, dévoré par les flammes.

— Je passerai te voir demain, dis-je avant d'ouvrir la porte.

Puis je la refermai et lui demandai :

— Tu n'avais pas de journal intime, hein ?

Elle secoua la tête. Puis elle fronça les sourcils et demanda :

— Pourquoi tu me poses cette question ?

Je lui répondis :

— Je ne veux pas paraître insensible, surtout en ce moment, mais je pensais aux dégâts que ça pourrait causer si quelqu'un tombait dessus.

Elle secoua la tête.

— Je n'ai pas de journal.
— OK. Il fallait juste que je pose la question, c'est tout.
Elle acquiesça presque imperceptiblement.
J'ajoutai.
— Tu sais, il n'y a rien qui nous empêche de parler tout le temps, maintenant. Absolument tout le temps, tu sais où me trouver.

Elle leva la tête et me regarda bizarrement pendant un moment. Puis elle hocha la tête à nouveau avant de se replonger dans la contemplation de son pouce.

Chapitre 13

La réunion avec les diacres se passa bien. Si on considère le pasteur comme le président d'une église, alors les diacres y sont un peu les représentants au Congrès. Nos diacres étaient surtout des vieux bonshommes, et ils servaient la paroisse depuis des années. Là, ils avaient l'air épuisés. La réunion fut plus ou moins conduite par Nick. Il n'était diacre que depuis un an, mais visiblement il était la star incontestée, le jeune homme brillant aux yeux de tous. Le président des diacres se nommait E.W. Herschel, un pharmacien à la retraite qui approchait des quatre-vingts ans. Je ne sais pas s'il était fatigué ou s'il donnait toute sa confiance au jeune homme, mais il se tint très en retrait, mâchonnant ses branches de lunettes et laissant à Nick le contrôle de tout.

Après avoir tous prié et passé une bonne heure à canoniser les Card, Nick se tourna vers moi et dit :

— La question de vous confier l'église dans l'intérim a été évoquée.

Il ne le dit pas comme si c'était la meilleure idée qu'on puisse avoir.

Je pris une grande inspiration.

— C'est une responsabilité colossale.

Les diacres hochèrent la tête, mais Nick ajouta :

— Nous devrons commencer à chercher un pasteur tout de suite après les obsèques. Vous n'aurez qu'à gérer la situation jusqu'à ce que nous trouvions quelqu'un à mettre derrière le pupitre.

Le Dr Samuels, un dentiste à la retraite au crâne chauve et à la voix tonitruante, prit la parole.

— Je me demande si le fait de commencer à chercher un nouveau pasteur aussi rapidement ne donnera pas l'impression que nous allons plus vite que la musique.

Nick pencha la tête.

— Eh bien, docteur Sam, je ne suis pas en désaccord avec vous, mais le travail du Seigneur ne peut être interrompu. Il me semble que les Card sont au ciel désormais, et nous devons poursuivre l'œuvre du Seigneur.

— Je ne peux qu'acquiescer, dis-je. Frère Card aurait certainement mis la priorité sur le travail.

Le Dr Samuels gratta ses taches de vieillesse et marmonna quelque chose, mais il n'ajouta rien ; Frère Herschel se redressait lentement sur son siège et enfilait ses lunettes. Tout le monde se tut. Le président laissait Nick mener la réunion, mais sa voix pesait encore plus lourd que celle de n'importe laquelle des personnes présentes dans la salle. Il dit :

— Peut-être que nous devrions attendre un peu. Les gens ont besoin de temps pour panser leurs plaies. Nous ne voulons pas paralyser le nouvel arrivant avant même qu'il soit choisi. Nous avons besoin de temps pour guérir en tant que communauté.

Nick secoua la tête. Pour une fois, les choses ne prenaient pas la tournure qu'il aurait souhaitée. Je ne ressentis pas beaucoup de pitié à son égard. Il était certes aussi choqué et horrifié que tout le monde devant ce qui s'était passé, mais je ne crois pas qu'il ait jamais aimé Card, qu'il semblait considérer comme un gentil imbécile. Au fond – et il ne l'aurait jamais dit –, il voyait probablement le trépas des Card comme une étape douloureuse mais nécessaire dans l'évolution de l'église. J'étais sûr qu'il allait mener la recherche du nouveau pasteur et j'étais sûr qu'il allait se mettre en quête d'un administrateur actif, un homme ambitieux, politiquement actif et agressif en termes de rayonnement. C'était la vision de Nick pour l'avenir – ce qu'il considérait, j'en suis certain, comme la vision du Seigneur. Mais il allait devoir attendre que les vieux bonshommes meurent ou se retirent avant de pouvoir amener du sang frais au pupitre. Et malgré ce que je pouvais dire sur la nécessité d'un nouveau pasteur, je n'allais certainement pas aider à faire progresser les recherches.

— Bien que je sois totalement d'accord avec Nick sur la nécessité de commencer à chercher un homme pour prendre la tête de l'église, dis-je, je pense aussi que notre première priorité dans les jours et semaines à venir sera d'accompagner nos paroissiens. Nous sommes tous appelés à assumer ce rôle, pas simplement les pasteurs. Je crois que le recrutement d'un nouveau pasteur doit être une priorité absolue, c'est certain. Mais nous ne devrions pas nous précipiter. L'absence de Frère Card laisse un vide qui sera difficile à combler, et surtout, elle laisse de la souffrance et des blessures toutes fraîches. J'ai le sentiment – et c'est l'objet de mes prières depuis que j'ai appris la nouvelle –, j'ai le sentiment que nous devrions nous concentrer avant tout sur la guérison de cette paroisse après cet événement épouvantable. (Nick s'apprêta à dire quelque chose, mais je levai la main pour l'interrompre.) Nous devrions tendre vers la recherche d'un nouveau pasteur. Nous devrions nous efforcer d'atteindre ce but, en faire l'objet de nos prières, sonder notre cœur, et sonder le cœur de nos paroissiens, à la recherche de la volonté du Seigneur dans ce moment terrible. Telle est la conviction de mon cœur.

Tout le monde garda le silence. Nick hocha lentement la tête – en fait, d'un air plutôt morose – et Frère Herschel dit :

— Amen, Frère.

Là-dessus, le vieil homme sourit, et je compris qu'il serait heureux si je devenais le pasteur de l'église.

J'adressai un sourire poli à Nick, qui hochait la tête et essayait de se retenir d'exprimer sa conviction intime, l'objection qui lui brûlait les lèvres après ce que j'avais dit. Il finit par cesser de hocher la tête, et tout ce qu'il parvint à articuler fut :

— Que tel soit le sens de nos prières.

— Effectivement, ponctua Frère Herschel, qui poursuivit en annonçant que nous devrions clore la séance sur une prière.

Et ce fut à moi, non pas à Nick, qu'il demanda de dire la prière.

Je priai, le sourire aux lèvres. L'église serait à moi.

Chapitre 14

Les jours passèrent et je n'entendis pas parler de Doolittle Norris. Les journaux rapportèrent l'événement et en firent leurs choux gras, mais ils n'annonçaient rien que je ne sache déjà. Un pasteur de la région et sa femme avaient été sauvagement assassinés dans leur maison, et la maison avait été réduite en cendres, par un ou plusieurs inconnus qui s'étaient introduits sur les lieux. D'après les journaux, les enquêteurs avaient élucidé le fait que l'intrus était entré par une fenêtre du salon parce que les vestiges calcinés de la fenêtre révélaient qu'elle avait été laissée ouverte. Ils avaient également découvert une empreinte de pas distincte – quoique difficile à déchiffrer – sur le sol à proximité.

Je poursuivis mon travail. J'étais anxieux, bien sûr, et je savais que Doolittle Norris constituait une fondation peu stable sur laquelle bâtir un avenir, mais je le croyais assez avide pour honorer mes exigences. Dans le fond, tout ce que je voulais, c'était la fille ; je ne lui demandais pas une part du gâteau. Je lui avais clairement fait comprendre que je savais que les enjeux étaient plus importants pour moi que pour lui, et par ailleurs, quel bénéfice tirerait-il à me doubler ? Tant qu'il ne trouvait pas d'autre angle d'attaque, j'étais tranquille.

J'évitai Angela tant que je pouvais et je me contentai de mon travail de pasteur : je tenais à jour la paperasse, j'allais rendre visite aux patients de la maison de retraite et aux grabataires, je passais à l'hôpital rendre visite à un de nos adolescents qui était tombé d'un quad et s'était blessé aux genoux. Je restais aussi en contact avec Frère Herschel, le président du collège des diacres, et lui fis savoir avec la plus grande subtilité que je me tuais au travail pour l'église. Frère Herschel fut fort impressionné et me dit :

— Chaque jour, je remercie le Seigneur pour votre présence, Frère. Je le loue de vous avoir envoyé à nous.

Je dis que je ne faisais que suivre le chemin que me montrait le Seigneur.

Je dirigeai même l'office à l'enterrement des Card. Ce fut une véritable révélation. L'église était pleine et larmoyante, avec des hommes adultes – la quarantaine, en costume – alignés contre le mur du fond en train de pleurer comme des enfants. Je ne les regardai pratiquement pas, mais leurs sanglots résonnaient dans l'église et on ne pouvait pas ne pas percevoir l'angoisse palpable, le chagrin réel, désespéré, qui émanait des gens.

Me sentis-je coupable ?

Eh bien, disons que je me sentais mal. Je me sentais mal parce que les Card étaient morts. Je me sentais mal parce que les gens pleuraient, parce que au premier rang l'amour de ma vie pleurait, cramponnée à son frère Gabe. C'était un type à l'air calme, portant lunettes et costume sombre. Il pleurait autant qu'elle. Tout le monde pleurait. Bon sang, moi aussi, je pleurai un peu. Ouais, on pourrait dire que je me sentais mal. Mais les gens se comportaient comme si les Card avaient été parfaits, alors qu'ils ne l'étaient pas. Dans la vie, ils étaient aimés de certains, tolérés par d'autres et haïs par le reste. Ce n'était pas comme si l'Église Baptiste pour une Vie Meilleure avait été l'endroit le plus bienveillant du monde avant la mort des Card. Les coups dans le dos, les rumeurs, la médisance et les jérémiades étaient monnaie courante. Sœur Card avait énervé des gens. Frère Card en avait énervé d'autres. Tout n'était pas rose bonbon.

Je célébrai un beau culte, pourtant. C'était mon premier enterrement, bien entendu, mais je fis, pensai-je, un boulot de première classe. Je parlai de la volonté de Dieu et du mystère de la souffrance, de la présence du mal dans le monde et du plan du salut. Je parlai de la cuisine de Sœur Card et de son dévouement au ministère de son mari. Je parlai d'Angela et de l'affection que tous les membres de la congrégation lui portaient, que Dieu veillait sur elle, du projet de vie magnifique qu'il avait pour elle. Je claironnai la loyauté de Frère Card et sa vision pour l'Église, et tout ce qu'il avait fait au service du Seigneur.

Je leur balançai un sacré sermon, ce jour-là.

Mais tout le temps qu'il dura, je ne cessai de me dire : Comment se fait-il qu'ils ne se rendent pas compte à quel point tout ça, ce sont des conneries ?

Les Card étaient morts, plus morts que Bonnie et Clyde. Quelqu'un les avait assassinés. Était-ce vraiment ce que Dieu avait prévu ? Ce jour-là, je dis à la congrégation en larmes que tout se trouvait entre les mains de Dieu, et que le mal et la haine et la perte et la souffrance disparaîtraient en un clin d'œil à l'instant où Christ reviendrait. Mais en même temps, je me demandai : est-ce qu'ils croient à ça ? Apparemment, oui. Ils pleuraient, se serraient les uns contre les autres et regardaient fixement la croix accrochée au mur derrière moi et hochaient la tête. Ils semblaient éprouver du réconfort.

Peut-être est-ce tout ce qui compte pour les gens. S'il n'y avait pas de souffrance, les hommes ne ressentiraient pas le besoin de croire en Dieu. Mais le plus écœurant, c'est que, s'il y a un Dieu, il a justement dû prévoir ça.

Après avoir rendu un dernier hommage au bord de la tombe des Card, je tombai sur le président du collège des diacres et Nick. Ils se tenaient à côté des voitures, les mains enfoncées dans les poches, le regard fixé sur la pelouse.

Frère E.W. Herschel avait le visage d'un général confédéré. C'était un vieil homme à la peau tannée, aux orbites très creuses, et sa bouche sévère s'étirait en une grimace permanente. Ses épaisses lunettes à double foyer étaient posées sur son nez imposant plein de poils gris, et des rouflaquettes descendaient jusqu'à ses bajoues. Il me serra la main et, sans la lâcher, me dit :

— Puissant sermon, Frère. Très juste.

Nick approuva d'un hochement de tête.

— Je suis honoré d'en avoir eu la charge, m'exclamai-je. La première fois que je prêche à un enterrement. Je n'aurais jamais pensé que ce serait dans ces conditions. Je suis reconnaissant d'avoir votre soutien, et votre exemple.

Le vieil homme me tapota la main.

Nick dit :

— Le Seigneur nous donne ce dont nous avons besoin, j'imagine.

Je lâchai la main de Frère Herschel et répondis :

— Absolument.

Frère Herschel reprit :

— Je crois que nous avons tous été contents de voir tout le travail que vous avez effectué ces derniers jours. C'est incroyablement difficile. Les circonstances dans lesquelles vous vous retrouvez ainsi à la tête de la congrégation sont incroyablement pénibles.

Nick gardait les yeux rivés sur la pelouse.

Je répondis à Frère Herschel :

— Nous ne faisons que ce que nous pouvons. Nous ne pouvons qu'implorer le pardon du Seigneur et permettre au Saint-Esprit d'agir à travers nous.

Et je continuai ainsi, encore et encore. Vous imaginez.

Nick ne put en supporter davantage.

— J'ai quelques mots à dire à Gabe et Angela. Je vous verrai plus tard.

— À tout à l'heure.

Il s'éloigna.

— Voilà un homme de valeur, dis-je à Frère Herschel.

— Hmm, fit-il. Effectivement. Il est jeune.

— Moins que moi.

— Hmm. Mais vous êtes âgé dans l'âme. Nick est le meilleur que nous ayons dans l'assemblée. C'est moi qui ai proposé qu'il soit diacre, le saviez-vous ?

— Non, je ne savais pas, mentis-je.

— Hmm. Et il ne m'a pas déçu. Absolument pas. Mais il est jeune, toujours pressé. Le fait d'être pressé, c'est typique des jeunes, j'imagine.

— J'imagine volontiers, oui.

— Mais je ne vois pas ça chez vous, pourtant.

Je dis quelque chose sur ma volonté d'aller à la vitesse de Dieu, quelle que soit cette vitesse.

Frère Herschel portait une fleur rouge à la boutonnière de son costume sombre ; il la sortit et se mit à la faire tourner entre son pouce et son index.

— Les hommes pressés changent le monde. Mais le monde qu'ils changent doit être mené par des hommes qui tiennent le volant d'une main ferme. Êtes-vous d'accord avec ça ?

— Oui, monsieur.

— Hmm. Comme des musiciens jouant une symphonie. Chacun joue sa partie, et tout le monde est dirigé par le chef d'orchestre. Vous êtes un homme à la poigne ferme.

— Je l'espère. C'est mon véritable espoir.

Il remit sa fleur à sa boutonnière et me tapota l'épaule.

— Continuez comme ça, Frère. Continuez.

Lorsqu'il partit, je souris et me dis : ça ne va plus tarder, ça ne va plus tarder.

Il fallut environ trois semaines. Je gardai la tête dans le guidon sans la relever. Je célébrais le culte du matin et du soir le dimanche, et j'associais le groupe de jeunes et le groupe d'adultes le mercredi soir sous le prétexte de "faire passer aux jeunes le message que nous formons encore tous une famille". Le culte du mercredi soir, en particulier, était un succès retentissant parce qu'il donnait aux adultes l'impression de s'impliquer auprès de la jeunesse. J'organisai un voyage de mission au Mexique pour l'année suivante, continuais mes visites aux hôpitaux, aux maisons de retraite, et faisais les tournées du lundi soir avec Nick; nous allions voir quelques cas sociaux et délinquants récidivistes et nous essayions de les convaincre de venir à l'église.

Un lundi soir, alors que nous avions perdu une heure dans un mobile home avec un homme torse nu qui éclusait bière sur bière et nous regardait, les yeux vides, tandis que nous lui lisions des passages de la Bible, Nick et moi rentrâmes dans sa voiture jusqu'à l'église.

— Cela s'est bien passé, dis-je à mi-voix.

Nick haussa les épaules.

— Nous avons planté des graines, disons.

— Il les arrosait avec de la bière, dis-je.

Nick eut un sourire bizarre tout en gardant les yeux rivés sur la route.

— Vous avez un sens de l'humour tout à fait unique, parfois, dit-il.

Nick était le genre d'homme pour qui unique était toujours une insulte.

— Je suppose que c'est ma manière de gérer les circonstances difficiles, répondis-je.

— Je suppose.

Ce putain d'ivrogne se foutait bien du plan du salut, avais-je envie de dire. Mais je m'en abstins, bien entendu, et j'attendis.

Nick finit par lâcher :

— Je pensai au comité de recrutement du nouveau pasteur. Je crois que nous devrions commencer à chercher bientôt. Est-ce que ça vous irait ?

— Le plus tôt sera le mieux, dis-je.

Je ne voyais pas l'utilité de lui dire quelque chose qu'il n'avait pas envie d'entendre.

— Vraiment ? Je pensais que vous seriez peut-être opposé à cette idée.

— Pourquoi y serais-je opposé ?

— Oh, fit Nick. Je ne sais pas. J'avais l'impression que vous lorgniez sur le poste. Je n'y mets aucune malice. Je croyais vraiment que le poste vous intéressait.

— Je ne vois pas pourquoi. Je n'ai jamais exprimé quoi que ce soit dans ce sens.

— Êtes-vous en train de dire que vous n'en voulez pas ?

— Nick, ma philosophie, c'est de rester ouvert au Saint-Esprit. Je n'exclus certainement pas l'idée de rechercher un nouveau pasteur. Je n'exclus pas d'accepter le poste si l'Église me le demandait. Je n'exclus aucune option. Il s'agit de la volonté de Dieu, pas de la mienne…

— Je suis bien entendu d'accord avec ça, mais…

— Bien.

— … je regarde la situation dans laquelle nous nous trouvons et j'essaie de me faire une idée de ce que vous avez en tête. Je voudrais procéder d'une manière aussi organisée que possible.

— J'ai essayé d'être clair sur ce que je pense. Je pense que nous devrions nous soumettre à la volonté du Seigneur. Si vous sentez ses encouragements, si les diacres sentent ses encouragements et si l'Église paraît prête pour cela, alors, je dis que le plus tôt sera le mieux.

Nick reprit :

— Je n'ai pas l'impression que vous ayez répondu à ma question.

— Quelle est votre question ?

— Que voulez-vous ?

— Ce que Dieu veut.

Nick prit une grande inspiration.

— Je suis désolé si cela vous exaspère, Nick. Mais sincèrement, j'essaie de maintenir toutes les options ouvertes. Je ne comprends pas bien pourquoi vous avez du mal à accepter ça.

— J'ai le sentiment que vos actes n'expriment pas la même réponse que votre bouche.

— Je suis désolé que vous ressentiez ça. J'en conçois du chagrin. Et je ne sais pas ce que j'ai fait pour mériter ça. J'essaie juste de faire mon travail du mieux possible. Vraiment. Sincèrement. En dehors du fait de faire mon travail du mieux que je peux, je ne sais pas de quels actes vous parlez.

Je le tenais. Nick ne pouvait pas dire ce que j'avais fait de mal parce que je n'avais rien fait de mal.

Il prit une autre grande inspiration.

— Écoutez, peut-être que j'ai dépassé les bornes. Je ne veux pas que vous pensiez que je n'apprécie pas le travail que vous faites, c'est juste que... Je crois que vous n'avouez pas vos véritables ambitions. Je veux juste savoir ce que vous voulez.

— Que la volonté du Seigneur soit faite.

Nick avala une pleine bouchée d'incrédulité et se força à m'adresser un sourire. Il ne dit pas un mot jusqu'à notre arrivée à l'église.

UNE semaine plus tard, c'était fait. Lors d'une réunion des diacres, Frère Herschel annonça :

— Frère Webb, nous avons décidé que nous voudrions vous voir prendre la charge de pasteur de l'Église Baptiste pour une Vie Meilleure.

Les diacres m'adressaient un large sourire, béats, hochant la tête. Nick était plongé dans la contemplation de ses mains.

— S'agit-il d'une décision unanime de tous les diacres ? demandai-je.

— Non, dit Nick.

La pièce se figea et son visage devint rouge de honte. La bouche du président resta ouverte.

Le Dr Samuels ôta ses lunettes et se frotta l'arête du nez.

— Est-ce bien nécessaire, Nick ? Ne devrions-nous pas parler d'une seule voix à cette paroisse et à cette ville, à l'unisson ?

Nick prit une grande inspiration et dit :

— Frères, je vous présente mes excuses pour cette sortie. C'était puéril de ma part. (Puis il se leva, se tourna vers moi et poursuivit :) Je ne peux que vous dire, cependant, ce que Dieu a confié à mon cœur. C'est au centre de toutes mes prières, chaque jour, depuis que Frère Card est mort et j'en ai beaucoup pleuré. (Il me regardait durement, maintenant, essayant de rester aussi calme que possible, mais la révulsion que je provoquais chez lui se lisait sur son beau visage stupide.) Je ne crois pas que vous soyez l'homme qui convienne à ce poste. Je ne crois pas que le Seigneur veuille que vous soyez le ministre de cette église. Et je ne crois pas que je sois le seul à penser cela. Il y en a d'autres dans cette pièce qui sont du même avis, mais qui ne veulent rien dire. (Il prit un air contrit.) Je n'ai aucune haine dans mon cœur, Frères. S'il vous plaît, croyez-moi. Mais je ne peux pas aller contre ce que je sais être juste, au fond de mon cœur.

Là-dessus, il tourna les talons et sortit de la pièce.

Pendant un moment, nous restâmes tous silencieux. J'attendis. Frère Herschel secoua la tête et ferma les yeux. Le maître de chapelle, un type au visage poupon dont la seule ambition dans la vie était de travailler le moins possible, resta planté là, la bouche ouverte. Le Dr Samuels paraissait prêt à fondre en larmes. J'attendis et lorsque vint le moment parfaitement propice, je dis :

— Prions.

Je dis une belle prière ce jour-là. Je priai pour avoir la force et la clairvoyance, je priai pour nous tous et pour Nick et pour la clémence de Dieu et pour un esprit d'amour chrétien. Je priai pour que l'Église s'élève comme un aigle, pour que nous sachions tous que nous étions entre les mains du Seigneur. Mais à l'intérieur, je jurai comme un charretier. Je savais que Nick pouvait provoquer une scission dans l'assemblée s'il le voulait, et je savais que toute publicité négative me ferait du tort. Je savais aussi que la nouvelle de sa sortie intempestive circulerait dans toute la ville dans les secondes qui suivraient la fin de la réunion. Alors, je priai longtemps, parce que je savais que la situation ne prendrait pas tout à fait la tournure que j'avais escomptée.

Chapitre 15

C'EST alors que tout commença à partir à la dérive.

Je reçus le premier coup en arrivant chez moi. Après la réunion à l'église, j'avais roulé pendant un bon moment, histoire de réfléchir. Mais la balade ne me fit pas grand bien, et j'étais encore fatigué et tendu lorsque je franchis le seuil. J'avais à peine refermé la porte que le téléphone se mit à sonner. Je soupirai. Je n'avais qu'une envie, tourner les talons et partir, mais il fallait que je décroche.

C'était elle.

— Je veux te voir, dit-elle d'un ton sec.

— Peut-être que demain...

— Tout de suite. À l'école primaire, à côté de chez ma tante.

Et elle raccrocha.

Je reposai le combiné et m'appuyai contre le mur. Je restai là quelques instants, le temps de retrouver mes esprits avant de sortir à nouveau.

Il me fallut une dizaine de minutes pour atteindre l'école, et lorsque je me garai, je vis qu'elle était déjà là, sur les marches en béton menant à l'entrée principale. On était hors période scolaire et le parking était désert. C'était comme si nous nous rencontrions dans une ville fantôme. Quand je sortis de ma voiture, une rafale d'un vent mordant fit voler sur l'asphalte un sac en plastique Walmart – la version banlieusarde du buisson de sauge. Angela portait un pull jaune insignifiant et un jean, et elle était plantée là dans le froid comme si elle était un satané flic.

Dès que je fus sorti de ma voiture, elle dévala les marches.

— Qu'est-ce qui ne va pas ? demandai-je.

— Est-ce que tu vas prendre la tête de l'église ?

— Quoi ?

— C'est vrai ?

— Eh bien… Je ne sais pas vraiment, balbutiai-je. Les discussions sont en cours.

— Réponds-moi, c'est tout, dit-elle.

Elle posa la main sur le capot de ma voiture comme si elle avait besoin de se retenir de ne pas tomber, et se pencha un peu ; on aurait dit qu'elle allait vomir.

— Tu vas bien ? demandai-je.

Je regardai autour de nous, le parking désert, la cour de récréation abandonnée.

Fermant les yeux très fort, elle reprit :

— Réponds à ma question !

— Je te l'ai dit, je ne sais pas, Angela.

Elle se redressa et me regarda droit dans les yeux.

— Tu parles sans arrêt, mais tu ne dis jamais rien. Tu sais ou pas si tu vas être le prochain pasteur. Tu n'es pas idiot. Pourquoi tu ne me dis pas ce que tu sais ?

— Écoute, dis-je sèchement. Je ne sais pas. Mais je pense que oui. Alors, si tu veux une réponse en un mot, si c'est ça, ta définition de "parler", alors le mot unique est oui. Tu es contente, maintenant ?

Elle secoua la tête et s'appuya contre la voiture. Lorsque je m'approchai d'elle, elle leva une main pour m'arrêter.

— Ne me touche pas. Pas maintenant.

— Dis-moi ce qui ne va pas, alors.

Elle prit une grande inspiration.

— C'est l'église de mon père. Tu ne peux pas la lui prendre, comme ça. Ce n'est pas juste.

— Ma chérie, ce que tu dis n'est pas rationnel.

— Je ne veux pas que tu la lui prennes.

— Personne ne la lui prend, dis-je avec douceur. Il est mort. Je suis désolé, tellement désolé qu'il soit mort, mais c'est comme ça. Que veux-tu qu'il se passe ? Que l'église reste sans personne à sa tête ? Réfléchis. Je sais que tu es bouleversée, mais l'église a besoin d'un chef. S'ils veulent que je sois ce chef, tu ne crois pas que je devrais accepter ?

Elle avait le regard perdu sur le parking et le vent souffla à nouveau, faisant osciller et grincer les balançoires sur le terrain de jeu.

Elle finit par me regarder à nouveau et se mordit la lèvre inférieure. Elle était juste une enfant, mais je voyais bien que quelque chose la tarabustait.

— Où étais-tu, la nuit où mes parents... où étais-tu ?

J'eus la sensation épouvantable d'un poids au creux de l'estomac, comme s'il avait été plein d'eau chaude.

— Angela... j'étais à la maison.

Elle secoua la tête et se mit à pleurer.

— Chérie...

— J'ai appelé...

— Je n'ai pas décroché. Je ne réponds pas toujours au téléphone, tu le sais.

Elle essuya ses larmes avec son poing fermé.

— Tu ne me dis pas la vérité.

— Bien sûr que si. Tu dis n'importe quoi. Je ne réponds pas toujours au téléphone. Je me suis assis dehors sur le porche, et j'ai lu un peu. J'ai... mangé. J'ai regardé la télévision. J'ai été là toute la soirée.

"Écoute, je ne veux pas de l'église de ton père. Les diacres m'ont demandé de prendre le poste pendant un moment, et j'ai dit que j'acceptais. Mais si tu ne veux pas, je ne le prendrai pas. Si tu as l'impression étrange que je veux m'approprier l'église, je ne prendrai pas ce poste de pasteur, c'est tout. Il n'y a rien que je veuille plus au monde qu'être avec toi. Tu le sais.

Une voiture arriva dans la rue et je me raidis. Angela pleurait ouvertement. Que pouvais-je faire d'autre que rester planté là et la laisser pleurer ? La voiture ralentit en approchant de l'école et je pris garde de lui tourner le dos. Puis elle entra dans l'allée de l'école. Elle se gara à côté de nous, Gabe en sortit et me dit "Bonjour" avant de regarder sa sœur. Elle garda les yeux rivés sur le sol.

Je tendis la main et Gabe me rendit mollement ma poignée de main. Il portait des gants et un épais manteau, mais il semblait frissonner. Il dit à sa sœur :

— Je te cherche partout, Buttons.

— Désolée.

— C'est pas grave. Peut-être qu'on devrait rentrer chez tante Carole.

Sans me quitter des yeux, elle dit :

— OK.

Je fouillai dans ma tête, à la recherche de quelque chose à dire. Je ne suis jamais en panne de paroles. Si je ne disais rien, cela revenait à enfiler une combinaison orange de prisonnier. Mais je n'arrivai pas à trouver un mot. Je la laissai prendre l'initiative.

— Allons-y, dit-elle à son frère.

Je ne pensais pas qu'elle me dirait quoi que ce soit – ce qui aurait été suspect –, alors je réussis à émettre un "J'espère que tu iras bientôt mieux". C'était idiot mais mon esprit s'était totalement bloqué.

En passant devant moi, elle dit :

— Merci de m'avoir parlé, Frère Geoffrey. Cela m'a fait du bien.

Son frère la regarda marcher jusqu'à la voiture, puis il se tourna vers moi. Je n'avais jamais remarqué à quel point Gabe ressemblait à son père.

— Merci, dit-il.

Mais ce n'était pas sincère. Dans la manière dont il l'avait dit, il ressemblait à sa mère.

Je marmonnai quelque chose sur le fait que je tenais à offrir mon aide dans les périodes difficiles, mais il m'ignora, alla jusqu'à sa voiture, monta et démarra.

Je rentrai chez moi et, pendant les quelques heures qui suivirent, je restai prostré sur le canapé, à regarder les murs.

Et je réfléchis. Je pensai aux Card, à Doolittle Morris, à Nick et aux diacres ; et je pensai à Angela. Je n'avais pas la moindre idée de ce qui lui passait par la tête. Pourquoi aurait-elle pensé que j'avais quelque chose à voir avec la mort de ses parents ? Cela peut sembler bizarre, mais cette idée me rendait fou de colère. Qu'avais-je jamais fait pour lui donner la moindre raison de me soupçonner ?

Et là, j'eus une révélation. Peut-être que c'était moi, le problème. Peut-être que je n'étais pas aussi discret et malin que je le croyais. Peut-être que le problème, c'était moi, depuis le début.

Mais je repoussai cette idée. Pourquoi avoir des pensées négatives, hein ?

Puis je me dis que s'il y avait bien un dieu, peut-être qu'il me punissait.

Non, pensai-je. C'est impossible. Trop de personnes s'en sortent après avoir commis trop de crimes de nature trop différente. Ce que j'avais fait était mal, je voulais bien l'admettre, mais je n'étais pas le plus mauvais homme sur terre. Pourquoi serais-je puni pour mes péchés alors que tant de pécheurs avaient échappé au châtiment ?

Je m'endormis sur cette pensée. Je ne serais pas puni.

UNE heure plus tard, le bout pointu d'une botte de cow-boy me réveilla en me donnant des coups. Il s'enfonçait dans mon épaule comme l'extrémité d'une lance.

— Hé, fit une voix grave.

Il me fallut quelques secondes pour retrouver mes esprits. Je levai les yeux et découvris Doolittle Norris, debout, qui me regardait.

Chapitre 16

— Lève-toi, dit-il.

Il était debout, grand, les jambes arquées, à côté de ma tête. Je me redressai pour me mettre en position assise et me frottai les tempes. J'avais un peu mal à la tête, comme si j'avais trop bu.

— Que faites-vous ici ? marmonnai-je.

Il portait un blouson en jean doublé de lainage et il avait glissé ses pouces dans les passants de sa ceinture. Un grand sourire fit remonter ses joues rubicondes jusqu'à ses oreilles :

— Prends ton manteau et retrouve-moi derrière le 7-11 à côté de l'église, mon pote. Faut qu'on parle.

— De quoi ?

— De ton affaire. Y a du nouveau.

— Pourquoi ne parlons-nous pas ici ?

Il secoua la tête avec affabilité.

— Non, j'aime pas, ici. Chaque seconde que je passe dans cette maison, j'avance d'un pas vers la prison. On va aller quelque part où on risque pas de se faire mater par toute la ville.

Il partit, j'enfilai mes chaussures, attrapai mon manteau et sortis. La nuit était d'un froid mordant et ma voiture n'aurait pas le temps de chauffer d'ici que j'arrive au 7-11, je ne pris pas la peine de mettre le chauffage en route. Je roulai, la tête vide. J'avais l'impression d'être tracté, tiré de force dans ce que la vie me réservait. Je n'avais même pas peur. En fait, j'étais presque impatient.

Le shérif était garé à côté d'une benne à ordures. Je sortis, traversai le petit parking jonché de papiers de bonbons et de bouteilles en plastique, et montai dans son pick-up.

— Putain de froid, dit-il.

Je dis oui, et il monta le chauffage. Un autre de ces livres enregistrés défilait, et il ne toucha pas à l'autoradio. Aucun de nous ne dit mot tandis que la bande, visiblement une biographie de Charles Lindbergh, nous racontait son vol transatlantique.

Norris sortit du parking ; je ne savais pas du tout où nous allions. Loin au-delà de la lisière du bois, je vis des rangées de maisons éclairées, des petites lumières chaudes et ordonnées qui s'éloignaient tandis que nous nous enfoncions dans les ténèbres. Lorsque nous quittâmes la petite voie en terre pour prendre la grand-route, je compris que nous sortions de Little Rock.

Je voulais demander où nous allions, mais avant que je puisse ouvrir la bouche, Norris éteignit la radio et commença à parler de Lindbergh.

— Fallait qu'il en ait, pour franchir l'océan dans un petit avion léger comme ça en 1927, dit-il.

Pendant les vingt ou trente minutes suivantes, le seul sujet dont il discuta fut Charles Lindbergh.

Il parla de son vol, des conditions de vol dans les années 1920, de l'enlèvement du bébé, du procès qui s'ensuivit, du malheureux rapprochement avec les nazis dans les années 1930. Pendant tout le temps où il parla, nous roulions vers le nord, vers les montagnes.

— Où on va ? demandai-je enfin.

Il parut irrité que je l'interrompe dans sa biographie de Lindbergh, et il haussa les épaules.

— On quitte la ville. On va assez loin pour se vider la tête et avoir une conversation sérieuse.

Nous doublâmes un camion.

— On pourrait l'avoir tout de suite, dis-je.

Il se contenta de hausser les épaules à nouveau.

— Tu peux attendre, monsieur le pasteur.

— Non, je ne peux pas. Je veux qu'on parle maintenant.

Il ne dit rien. Nous continuâmes à doubler des voitures.

— Maintenant, merde ! hurlai-je.

Norris ajusta sa position sur son siège, serrant fermement le volant de sa main gauche et réglant le rétroviseur de sa main droite. Ensuite, après qu'il eut vérifié qu'il n'y avait pas de voiture juste derrière nous, il serra le poing et me frappa d'un revers fulgurant. Le camion fit un petit écart, et Norris redressa le volant adroitement.

L'onde de choc s'étendit sur mon visage comme une craquelure sur un pare-brise. Du sang chaud se mit à couler sur mes lèvres.

— Penche la tête en arrière et pince-toi le nez, dit-il en essuyant sa main sur la manche de mon manteau. T'as mal ?

J'obéis, me pinçai le nez et ne répondis pas. J'avais l'impression que mon visage s'élargissait.

— T'as mal ? demanda-t-il à nouveau, sans cérémonie, avec amabilité.

— Oui, répondis-je.

— Ça ne m'étonne pas.

Mes yeux se remplirent de larmes, et je sentis le goût de la morve et du sang au fond de ma gorge.

— Tu veux toujours qu'on parle ? demanda-t-il.

Je secouai la tête.

— Bien.

Nous roulâmes en silence pendant quelques kilomètres avant qu'il éclate de rire.

— Le truc rigolo, c'est que maintenant, j'ai envie de parler.

— Faut pas vous gêner pour moi.

Il gloussa.

— J'ai souvent eu le nez qui pissait le sang, autrefois, crois-moi.

— J'imagine.

— Mes frères et moi, on se battait tout le temps, on se mettait des drôles de raclées. Et mon père… mon père distribuait les nez en sang comme des bonbons à Halloween. Quel salopard de fils de pute, celui-là. Un beau salaud.

— Mon père aussi me battait, dis-je, espérant créer un lien.

Doolittle Norris se contenta de rire. Comme si j'avais dit quelque chose d'hilarant.

— Tu as fait une guérison spectaculaire, dit-il. Un témoignage remarquable des capacités de récupération de l'esprit humain.

Il se pencha, un sourire aux lèvres.

— Hé, est-ce que tu sais garder les secrets ?

Je faillis vraiment rire en entendant cette question.

— Tout ce que j'ai, c'est des secrets.

— Frère, tu l'as dit. J'ai jamais rencontré un type qui avait plus de putains de secrets que toi. Et venant de moi, ça veut dire quelque chose.

— Quel est le secret que vous voulez que je garde ? demandai-je.

— Il y a un petit coin à flanc de montagne, par ici, où mon grand-père avait un alambic autrefois. C'était un bouilleur. Son père aussi. Il vendait du whiskey de contrebande aux troupes de l'Union lorsqu'elles franchissaient les lignes.

— Belle tradition familiale, gargouillai-je. C'est ça, le grand secret ?

— Ben, y a des corps enterrés là-haut.

— Ah ouais ?

— Ouais, mon paternel en a fichu, dans la terre là-haut. En fait, il est enterré là-haut lui aussi. Depuis au moins trente ans.

Doolittle s'attarda sur cette pensée un moment. Puis il dit :

— Au moment de Thanksgiving, quand ma mère était enceinte de Lacey, le vieux s'est bourré la gueule. Il a passé toute la journée assis dans le salon à siroter son tord-boyaux maison et à parler tout seul. On circulait à pas de loup autour de lui, mais parfois, il nous fusillait du regard tellement méchamment que ça nous faisait mal aux couilles. Le vieux bonhomme, il était juste effrayant. Il est pas venu manger avec nous quand ma mère nous a appelés à table. Il est resté assis dans le salon à râler en sirotant son whiskey pendant que nous, on mangeait en silence. À 9 heures, il était complètement bourré, et le voilà qui se lève et débarque à la cuisine. Ma mère faisait la vaisselle et le vieux se met à exiger un dîner de Thanksgiving. Je ne sais pas ce qu'elle a fait, mais ma mère a jamais, mais jamais, pas un seul jour de sa vie, été du genre docile. Alors, elle a fait la maligne – elle lui a dit d'aller se chercher sa putain de dinde tout seul. Il l'a attrapée par les cheveux et lui a tiré la tête en arrière comme s'il arrachait le couvercle d'un truc, et il lui a donné un coup de poing. On l'avait déjà vu lui flanquer des sacrées gifles avant et, même si elle était pas bien grande, elle se laissait jamais faire. Mais ce soir-là, il lui a mis une dérouillée, alors qu'elle était toute grosse et enceinte de ce bébé, il l'a cognée comme si elle était un homme, et elle est tombée comme si elle n'arriverait jamais à se remettre sur ses pieds. 'Et maintenant, qu'est-ce que t'as à me dire ?' Voilà ce qu'il a dit. Elle était étendue par terre à ses pieds, le nez cassé, en sang, et il dit : 'Et maintenant, qu'est-ce que t'as à me dire ?' Et ma mère – une toute petite bonne femme –, elle se redresse, s'accroche au bord de l'évier pour se remettre debout, plonge la main dans le bac plein d'eau savonneuse et, avant qu'il ait le temps de se rendre compte de ce qui se passait, elle lui plante une putain de fourchette à viande dans le cœur.

"Je n'oublierai jamais. Le sang sur sa chemise était savonneux. Maman est restée plantée là, à le regarder. Elle ne fait qu'un mètre cinquante, mais bon Dieu, pour moi, à cet instant-là, elle était aussi grande qu'une montagne. Juste là, à le regarder. Puis elle nous regarde, mes frères et sœurs et moi. Et tu sais quoi ? Elle avait pas peur. Pas peur du tout. Elle nous a regardés, les yeux fous, durs, et l'espace d'une seconde, faut que je te dise, j'ai cru qu'elle allait nous tuer tous. Mon frère aîné Van s'est mis à pleurer. Il a toujours été un peu trouillard. Elle a jeté un coup d'œil vers lui, puis elle a pointé son index sur moi et m'a dit : 'Va chercher la pelle.' Elle était un vrai général.

"Cette nuit-là, Van et moi on l'a aidée à enterrer mon père, dehors, dans le froid polaire. Surtout moi. Je n'étais pas plus âgé que mon fils aujourd'hui, mais Van pleurait sans arrêt, et moi j'ai toujours plutôt su garder mon sang-froid. Et voilà. Le vieux, ça fait bien trente ans qu'il est là, à pourrir dans la terre.

— Pourquoi vous me racontez ça ?

Doolittle ne m'entendit pas. Il était absorbé dans ses souvenirs, j'imagine, revoyant le meurtre de son père cette nuit de Thanksgiving glaciale. Apparemment, il n'y avait jamais beaucoup repensé. Pour finir, il secoua la tête, et comme pour mettre un point à la fin d'une phrase, il soupira.

— Les femmes sont de sacrées créatures.

C'était étonnant, à quel point il avait peu conscience de ma présence, comme si j'étais un sac d'ordures qu'il emportait à la décharge.

— Je peux vous poser une question ?

Il sourit et saisit son gobelet.

— Vas-y.

— Vous avez dit que vous vouliez parler de l'affaire. Cela vous ennuierait de me dire comment avance l'enquête ?

— C'est pas si facile que tu le crois, de détourner les soupçons de toi. Je peux influencer les meilleurs d'entre eux, mais en fait, parmi les gens qui bossent pour moi, il y en a qui savent enquêter sur un meurtre. (Il cracha.) Mais c'est pas de ça que je veux te parler.

— De quoi vouliez-vous parler, alors ?

Il soupira.

— Ben, j'ai trouvé l'enveloppe. Chuis passé chez toi hier soir et je l'ai prise. J'imagine que t'étais trop occupé avec ton boulot d'homme d'Église pour penser à ce genre de trucs.

Putain de merde.

La seule pensée qui me vint. Putain. De. Merde.

— Chez moi..., dis-je.

— Hmm. (Il secoua la tête.) C'était idiot de la laisser là.

Je hochai la tête.

— Mauvais calcul. Mais je me suis dit que c'était trop...

Je m'étouffai ; je descendis la vitre et crachai un amas de sang coagulé. Je remontai la vitre et poursuivis :

— Trop évident.

— Ouais, fit-il presque gentiment. (Nous étions comme deux entraîneurs rivaux en train de discuter d'un match de foot que j'avais perdu.) Je vois ça.

— Donc, vous n'avez plus besoin de moi.

— Mec, ça fait bien longtemps. Tu es une bombe à retardement. Tu as tué le pasteur et sa femme. (Il secoua la tête. Puis il rit.) Doux Jésus. Je ne l'avais pas vue venir, celle-là. Je dois te reconnaître ça. Tu m'as surpris quand tu as tué les Card.

— C'était un accident.

— Ouais.

Je me penchai en avant.

— Et maintenant, vous avez tout ce que vous voulez, dis-je.

— En gros, oui. Mais j'ai des projets. Une fois que l'argent va commencer à rentrer de l'usine d'aluminium, qui sait où ça pourrait mener ?

Je posai une main sur la boucle de ma ceinture de sécurité.

— Où voulez-vous que ça vous mène ?

— Sincèrement ? dit-il d'un ton joyeux. Je pense à un siège de sénateur.

Je penchais ma tête en arrière, mais essayai d'acquiescer.

— Est-ce une véritable possibilité ?

Aussi doucement que je pus, j'appuyai sur le bouton de ma ceinture. Norris se décala sur la gauche. Son blouson s'entrouvrit et, du coin de l'œil, j'aperçus le revolver sur sa hanche.

— Ouaip, répondit Norris.

Il saisit le volant de la main gauche.

— Ambitieux.

— Eh ben, dit-il en descendant sa main, l'air de rien, jusqu'à son arme. Pour moi, l'ambition, c'est juste un rêve qui a la trique.

Je ris et il rit aussi, puis je me jetai sur lui et attrapai le volant en le tirant brusquement sur la droite. Nous fonçâmes dans le flanc d'un semi-remorque et la vitre côté passager éclata ; nous reçûmes une pluie d'éclats de verre. Norris gronda et jura : "Putain de connard" et me flanqua un coup de coude dans la tête. Mais il n'ôta pas son pied de la pédale ; il l'avait enfoncée jusqu'au plancher pour avoir un appui et me cogner le visage et le cou. Mais je ne luttais pas contre lui ; je me battais contre le volant. Je le tournai à nouveau brusquement et nous partîmes en tête-à-queue.

Puis je dégringolai. C'était comme si j'étais pris dans une tornade ; la vue, l'ouïe, les sensations étaient toutes déchiquetées, tournoyaient ensemble. Les lumières du tableau de bord, le pare-brise, l'explosion de verre, le crissement du métal contre l'asphalte. Les cris de Norris et les miens. Nous fûmes projetés l'un contre l'autre, deux objets ballottés dans le courant, deux mains qui s'agrippent puis sont arrachées l'une à l'autre. Le pick-up se retourna à nouveau et, soudain, je fus projeté à l'extérieur. Le poids de l'air et la gravité me tirèrent, puis la terre vint s'écraser contre moi et je fus sur le flanc, glissant sur l'herbe du terre-plein central, alors que toutes sortes de choses tombaient et se cassaient autour de moi. Des voitures s'arrêtaient.

Puis il y eut le silence et l'herbe couverte de givre et le ciel.

Et ensuite, il n'y eut plus rien pendant un moment.

Chapitre 17

Je me réveillai sur un lit d'hôpital. Une femme noire en blouse orange était penchée sur moi et ajustait quelque chose au-dessus de ma tête. Derrière elle sur un mur beige était accrochée une reproduction de Monet, et au-dessus était fixée une télévision. Qui n'émettait pas de son.

— On dirait que vous vous réveillez, dit la femme.

J'essayai de hocher la tête, mais mon cou était enserré dans un collier cervical.

— Dieu, dis-je. Je suis paralysé ?

— Non.

— Dites-le-moi, si c'est le cas.

Elle haussa les épaules. Sa peau était couleur caramel et sentait le lait de toilette.

— OK, je le ferai. Si jamais vous devenez paralysé, je vous le dirai. Mais vous n'êtes pas paralysé. C'est ahurissant d'ailleurs. Vous avez des coupures, des muscles froissés et des doigts cassés, mais tout le reste de votre corps va bien. Vous ne sentez pas grand-chose parce que vous êtes shooté.

— Dieu merci, dis-je.

Les deux mots sortirent tous seuls de ma bouche, peut-être étais-je sincère. Sur l'écran du téléviseur, un gros bonhomme en costume de Cupidon vendait des voitures.

L'infirmière sourit et se retourna pour bricoler quelque chose sur un chariot qui se trouvait à côté du lit.

— Vous faites bien de remercier quelqu'un, parce qu'il n'y a aucune raison logique qui explique que vous soyez encore vivant et relativement…

— … indemne ?

Elle dit :

— Vous avez de la chance.

— C'est la première fois.

— Eh ben, vous avez choisi un bon moment pour commencer.

Je pensai à Norris.

— Et l'autre homme qui se trouvait dans le pick-up ?

Elle secoua la tête et me tapota l'épaule. Sa main était douce et chaude.

— Je ne sais pas, pour votre ami. Ils sont toujours en train de s'occuper de lui, mais il est en assez mauvais état. Il était au milieu d'une demi-tonne de verre et de métal brisé. Mais ils s'occupent de lui. On a des bons médecins ici.

— Où… où suis-je ?

— Vous êtes à l'hôpital du comté de Connor.

J'avais la sensation que ma tête était lourde et spongieuse.

— À Stock's Settlement. C'est assez… au nord. Au nord. Pourquoi est-ce qu'on m'a – nous a amenés ici ?

— Vous en posez, des questions ! dit-elle. (Puis elle brandit quelque chose qui ressemblait à un tube de rouge à lèvres attaché à un fil.) Si vous vous réveillez et que vous avez besoin de moi, il y a un petit bouton là, pour m'appeler.

— Du rouge à lèvres. Ne peux pas… (Je perdis conscience l'espace d'une seconde.) Qu'est-ce…

— Vous allez dormir, maintenant, dit-elle. C'est les médicaments. Vous allez vous sentir…

J'imagine qu'elle dit que j'allais me sentir bien.

Et c'était vrai.

LORSQUE je me réveillai à nouveau, il y avait un ballon qui flottait dans un coin de la pièce, et le message BON RÉTABLISSEMENT ! était inscrit en lettres rouges. L'air qui sortait de la ventilation au plafond le faisait bouger et il cognait contre le mur. Sur l'écran de la télévision, un homme portant une chemise et une cravate bleues pointait une carte de l'Arkansas tandis que des flocons en images de synthèse clignotaient au-dessus des Ozarks.

Je restai là un moment à regarder monsieur Météo me raconter le temps. Puis la porte s'ouvrit et des gens entrèrent. Je ne pouvais pas vraiment tourner la tête pour les voir, alors je me contentai d'un vague : "Bonjour ?"

Une femme d'âge moyen s'approcha. Avec ses petites dents et ses grandes gencives, elle me parut familière, mais je ne parvins pas à l'identifier, au début. Elle se tourna vers l'autre côté de la pièce et dit :

— Allez, viens. Il est réveillé. Ne sois pas timide.

Je compris tout à coup. La sœur de Frère Card. La tante d'Angela.

— Angela ? dis-je.

Sa tante sourit, puis dit à nouveau, en direction de l'autre côté de la pièce :

— Allez, ne fais pas ta timide.

Angela s'approcha du bord du lit. Un pull à col roulé noir serrait son cou sous son pâle visage, et elle me regardait fixement.

— Est-ce que ça va ?
— Je crois. Je viens de me réveiller. Je suis un peu abruti.
— Ouais, fit-elle.
Elle tirait sur le bord de son pull.
Mme Card dit :
— Il fallait qu'elle vienne vous voir, Frère Webb. Elle était très inquiète lorsqu'elle a appris la nouvelle de l'accident. Tout le monde l'était.
— C'est gentil, dis-je.
Je regardai Mme Card.
— Merci pour le ballon.
— Oh, c'est de la part des paroissiens. Beaucoup de gens sont passés, ces dernières vingt-quatre heures. On a juste la chance de vous trouver réveillé.
— Vous avez des nouvelles de Doolittle ? demandai-je.
Angela fit la grimace. Je voyais bien qu'elle était en train de se mordre l'intérieur de la joue, et je voulais lui dire d'arrêter, mais je ne pouvais pas, bien sûr. Je ne pouvais pas être aussi familier avec elle devant sa tante.
Mme Card me dit :
— Il est toujours à l'étage. Il est... C'est un moment difficile à passer pour lui. Nick et Lacey sont avec lui.
Pour une raison étrange, cette nouvelle déclencha une vague de frissons qui me parcourut tout le corps comme une armée de fourmis.
— Nick est là ?
— Oui. Il est passé vous voir aussi, je crois.
— Effectivement, dit Angela.
— Tout le monde est inquiet, dit Mme Card. Les gamins de votre groupe de jeunes sont très préoccupés. N'est-ce pas, Angela ?

— Oui, dit-elle.

— Et après ce qui est arrivé à… (Mme Card secoua la tête.) Cette paroisse a été très éprouvée. (Elle passa son bras autour d'Angela.) Remettez-vous vite, Frère Webb. Ces jeunes ont besoin de vous.

— Je m'y efforcerai, répondis-je.

Angela jeta un coup d'œil à la porte comme si elle craignait qu'elle disparaisse.

— Comment vas-tu ? lui demandai-je.

— Ça va.

— Elle est seulement timide, dit Mme Card. Elle n'arrêtait pas de parler de venir vous voir et maintenant elle est muette comme une carpe.

Elle frotta l'épaule d'Angela et lui dit :

— Mais tu as beaucoup souffert ces derniers temps, ce n'est pas grave si tu ne dis rien.

— Tout à fait, dis-je.

J'avais la tête lourde.

Angela se mit à mordre sa lèvre inférieure et elle hocha la tête.

— Je crois qu'on devrait y aller.

— Ben, ça fait pas cinq minutes qu'il est réveillé, ma chérie.

— Il a l'air fatigué.

Mme Card me regarda.

— Effectivement, fit-elle.

Je hochai la tête.

— Je crois que je vais dormir encore, dis-je. Je me sens partir un peu, je n'ai pas vraiment le choix.

Mme Card me tapota le bras.

— Dormez donc. Vous serez bientôt sorti d'ici. Rappelez-vous, tout le monde prie pour vous.

— Merci, dis-je.

Angela, qui se mordait toujours la lèvre, ne m'accorda pas un regard.

— À bientôt.

— Merci d'être venue, Angela, dis-je. Cela m'a fait très plaisir.

Elle répondit : "OK", et s'en alla vers la porte.

Mme Card me tapota le bras à nouveau, me bénit et elles partirent.

Je fixai un point sur le mur, j'avais envie de pleurer.

Puis Angela revint en courant dans la chambre. Elle s'arrêta à côté de mon lit.

— On est seuls ? demandai-je.

— Oui, mais je n'ai pas plus d'une seconde.

— N'aie pas peur.

— OK.

— Je vais guérir.

Elle me regarda fixement et tortilla sa bouche.

— Tout le monde veut savoir pourquoi tu étais dans le camion avec le shérif Norris.

— Nous parlions de son fils Tim.

— Pourquoi ?

— Qu'est-ce que tu veux dire ? Je suis l'aumônier. Tim est un des jeunes de mon groupe.

Elle se mit à scruter mon visage comme si elle essayait de décider de quelle matière il était fait.

— Ah, fit-elle.

— Et je l'interrogeais sur l'enquête concernant tes parents.

— Qu'est-ce qu'il a dit ?

— Pas grand-chose. Il a dit qu'il ne pouvait pas parler d'une enquête en cours.

Elle continua à m'examiner et tapota des doigts sur la rambarde du lit.

— Ah. (Elle lança un coup d'œil par-dessus son épaule.) Faut que j'y aille.

— Oui, c'est mieux. (Je lui touchai la main.) Tu me manques, chérie.

Elle répondit "OK", tourna les talons et partit, mais avant d'atteindre la porte, elle pivota, revint, se pencha et m'embrassa rudement sur la bouche. Puis elle disparut. J'entendis la porte coulisser et se fermer.

Pendant un moment, je restai allongé à écouter le silence. Je pensai à Norris luttant entre la vie et la mort à l'étage au-dessus. Je pensai à la discussion que j'allais inévitablement avoir avec Nick. Je pensai au fait que j'allais devoir parler aux flics.

Lorsque je m'endormis, je croyais avoir fait le tour du pire.

Chapitre 18

Je me réveillai un peu plus tard. La nuit avait assombri la fenêtre. Je bougeai un peu, clignai des yeux, et toussai deux ou trois fois.

— Il est réveillé, dit une voix grave.

La voix ne paraissait pas contente.

Un jeune homme que je ne connaissais pas était assis sur le fauteuil à côté de mon lit. Chauve, avec un bouc en forme de corne qui s'incurvait en pointant vers sa clavicule, il était musclé à un point grotesque. Lorsqu'il se leva, le mur derrière lui disparut totalement de mon champ de vision. D'une voix qui se situait au plus bas du registre humain, il dit :

— Je vais chercher grand-mère.

De quelque part derrière lui, un autre homme marmonna : "OK", et le jeune homme plein de muscles sortit. Puis l'autre s'approcha de mon lit et appuya sur le machin électronique pour me relever la tête. J'eus mal à peu près partout et je laissai échapper un gémissement. Les antalgiques ne faisaient plus effet, et j'avais le corps douloureux.

L'homme était petit, avec des yeux noirs et intenses, et des cheveux bouclés de la couleur de la paille de fer. Il portait une chemise blanche amidonnée et une cravate grise ; pour moi, il ressemblait à un avocat.

Il demanda :

— Savez-vous où vous vous trouvez ?

— À l'hôpital du comté de Connor.

— Exact.

Il posa les mains sur la rambarde de mon lit. Elles étaient propres et avaient une agréable odeur d'après-rasage.

— Quelle heure est-il ? demandai-je.

— Environ 7 heures.

— Du soir ?

— Oui. Vous n'avez fait pratiquement que dormir ces deux derniers jours.

J'acquiesçai. Mon cou était toujours dans une minerve et ma tête me faisait toujours souffrir, mais pas autant que je l'aurais cru. J'avais mal partout, comme si j'avais été tabassé, mais je savais, je sentais, que j'étais indemne. J'ai toujours eu cette chance d'être assez en forme pour m'enfoncer plus profondément dans les ennuis. Je ne mourrai jamais accidentellement.

— Savez-vous qui je suis ? demanda-t-il.

— Non.

— Je suis Vandover Norris. Mes amis m'appellent Van.

— J'ai entendu parler de vous. Vous êtes avocat.

— Oui.

— Et vous êtes le frère du shérif Norris.

— Oui.

— Je vois. Comment va-t-il ?

— Il est mort.

Sous mes draps propres et chauds, je sentis ma peau se transformer en glace.

— Je suis désolé, dis-je.

Il haussa les épaules et regarda derrière lui.

Le jeune homme plein de muscles était revenu, poussant une petite vieille dans un fauteuil roulant.

Son visage pincé était blanc de poudre et une grosse tache de rouge à lèvres ornait sa minuscule bouche édentée comme une goutte de sang sur un cadavre. Lorsque le jeune homme s'arrêta, la vieille dame se leva lentement du fauteuil. Une longue queue de cheval blanche pendait sur sa robe jaune à imprimé fleuri, et elle la repoussa dans son dos.

Lorsqu'elle parla, sa voix cassée était douce, presque fragile, mais ses yeux gris étaient aussi morts que des graviers.

— Êtes-vous... celui qui... a tué mon fils ? demanda-t-elle.

Je ne sus pas comment lui répondre. À côté de moi, Van Norris parut se ratatiner.

La toute petite vieille me regardait fixement. Quand elle commença à parler, sa voix se mit à trembler, perdant de son assurance de syllabe en syllabe, mais ce n'était certainement pas dû à la peur. Ses yeux pétillaient de vivacité, comme des morceaux de charbon prenant feu, et pourtant, ils étaient toujours prisonniers d'un corps qui se délitait.

— Je vous ai posé... une question. Avez-vous... tué... mon fils ?

— Non, madame.

— Non, madame, soupira-t-elle.

Avec le jeune homme planté derrière elle comme un mur, elle se pencha par-dessus le rebord de mon lit assez près pour que je puisse sentir l'odeur de son rouge à lèvres.

— Je sais... tout de vous, dit-elle. (Sa voix était ténue et tendue, mais plus elle s'approchait, plus son squelette poudré paraissait aussi dur qu'un tire-bouchon.) Vous êtes... un dégénéré, un meurtrier, un abuseur de petites filles... (Elle se tourna vers son fils.) Comment on appelle ça... Van ? Un homme qui... abuse les petites filles ?

— Un pédophile.

Elle se tourna vers moi.

— C'est ça. Un pédophile. Voilà… ce que vous êtes.

Je secouai la tête.

— Non, madame, répondis-je. Elle est un peu jeune, mais elle n'est pas…

Elle me tapota le bras comme si elle était ma grand-mère.

— Je veux que… vous vous taisiez, maintenant, dit-elle. Comme un petit bébé… comme un bébé dans son berceau… Aussi silencieux que possible.

Je hochai la tête.

— Ian, dit-elle. Donne-moi… mon sac à main, mon grand.

Le jeune homme lui tendit un grand sac à main marron. Elle le posa sur mon lit, défit le fermoir argenté au milieu et sortit un petit pistolet. Comme si c'était un petit animal, elle le ramassa à deux mains et me le tendit comme si elle voulait que je le prenne. Je ne bougeai pas; personne n'esquissa le moindre geste. Elle me le montrait, tout simplement. Puis, tenant le canon d'une main, elle essaya d'armer le chien avec son autre main.

— C'est dur…, dit-elle. Je ne sais pas pourquoi… ils rendent ces choses… si difficiles à utiliser. J'espère que je me ferai jamais… attaquer. (Elle tira de plus belle sur son arme et secoua la tête.) Ian, chéri…

Le jeune homme passa son bras à côté d'elle, saisit le pistolet, arma le chien et lui remit l'objet dans les mains.

— Merci, dit-elle.

Elle posa le canon contre mon sternum. Van dit: "Mère" et elle tira.

Et rien. Rien de plus qu'un cliquetis métallique.

— Doux Jésus, fit-elle.

Elle regarda l'arme comme si c'était un phaser tout droit sorti de *Star Trek*.

La douleur fusa dans mon cou et mes yeux se remplirent de larmes.

— Est-ce que j'ai fait quelque chose de travers ? demanda-t-elle.

Ian arma le chien à nouveau, elle pointa le canon sur moi et tira. Un second cliquetis. Ian prit l'arme, ouvrit le chargeur et dit :

— Pas de balles, grand-mère.

— Eh bien… Doux Jésus.

— Tu as oublié de le charger, dit-il.

Sa voix avait autant de personnalité qu'une couche de glace.

Van s'essuya le visage, et j'entendis sa sueur tomber sur le sol.

— Mère, nous sommes au beau milieu d'un hôpital…, pria-t-il.

— Je t'avais dit… que je devrais le garder… chargé, dit la vieille dame à Ian.

— Tu n'as pas besoin d'avoir un pistolet chargé dans la maison, répondit-il.

— J'aurais juré que… je l'avais chargé… avant qu'on vienne ici…

— Bon sang, dit Van.

— Tu as laissé le chargeur sur le plan de travail ? demanda Ian.

— Je crois que oui. Je te parie… que j'ai laissé le… truc avec les balles… Comment tu l'appelles ?

— Le chargeur, fit Ian.

— Je l'ai laissé… sur le comptoir.

— Est-ce qu'on pourrait en arriver au cœur du sujet ? dit Van d'un ton sec.

Sa mère le regarda comme s'il était idiot.

— Et qu'est-ce que je… suis en train de faire… d'après toi ?

— Mère. Pas ici. Pas maintenant. Bon sang. On ne peut pas… (Il se passa la main sur le visage, puis regarda Ian.) Tu savais qu'elle venait avec une arme. Tu l'as laissée apporter un pistolet dans un hôpital.

Le jeune homme répondit.

— Je ne lui dis pas ce qu'elle doit faire, Van. Personne ne lui dit quoi faire.

— Mais ça te paraissait une bonne idée d'apporter un putain de pistolet à l'hôpital ?

— Elle ne me consulte pas avant d'agir, Van. Ni toi. Ni personne. Je ne comprends pas pourquoi tu sembles l'avoir oublié.

Je ne faisais pas le moindre bruit, mais j'essayais de trouver le bouton pour appeler l'infirmière. J'essayais de le trouver sans trop regarder, mais lorsque je finis par baisser les yeux, je constatai que la petite vieille le tenait dans sa main. Elle me sourit et le laissa tomber loin du bord du lit, hors de ma portée.

— Ça suffit, dit-elle.

Elle tendit le bras, et le jeune homme le prit dans ses grosses pattes comme si elle était en cristal pour l'aider à s'installer dans le fauteuil.

— Bon…, dit-elle, une fois assise. Qu'est-ce qu'on va faire, maintenant ?

— Je ne…

— Shshsh, fit-elle. Je parle à Van. Toi, tu te tais… et tu écoutes.

Van croisa les bras sur sa poitrine.

— Qu'est-ce que tu veux ? Voilà la question.

— Eh bien, dit-elle en pointant un doigt noueux vers moi. D'abord... il faut que... ce jeune homme... soit mort et... enterré d'ici demain matin.

Van soupira.

— Quoi ? fit-elle.

— Rien. Ça va juste être un peu plus compliqué que tu ne le crois.

Elle frappa son genou du plat de la main. Pour la première fois, elle parut irritée. Sa voix était cinglante comme une trique lorsqu'elle dit :

— Seigneur Jésus tout-puissant ! Tout est toujours "compliqué" avec toi.

Les épaules de Van se voûtèrent. Elle le regarda fixement.

— Je n'ai plus... Doolittle auprès de moi, dit-elle d'une voix incertaine. (On aurait dit qu'elle était prête à pleurer.) Ce qui veut dire... qu'il faut que tu... sois un homme. Tu ne pourrais pas juste... être un homme ? Tu ne pourrais pas, s'il te plaît... pour une fois... essayer d'être un homme... et pour moi, faire... ce qui doit être fait ?

Il se frotta l'arête du nez.

— Bien sûr, dit-il. Mais écoute-moi bien : l'accident a fait la une des journaux. Cet homme était dans le pick-up avec le shérif lorsqu'il est mort. Les gens posent des questions. Les reporters fourrent leur nez partout. Doolittle était déjà une controverse à lui tout seul. Maintenant, il est mort dans des circonstances douteuses, et en plus, lorsqu'il est mort, il se trouvait avec cet homme – un homme qui est déjà vaguement lié à un double meurtre. Tous les ingrédients d'un grand scandale. Il y a des types dans les journaux et les chaînes d'information qui vivent de ce genre de choses. Ils s'en nourrissent. Ils sont déjà en train de demander pourquoi ils roulaient vers le nord. Pourquoi il n'a pas été emmené à Little Rock. Ils demandent déjà s'il y a un lien avec le meurtre du pasteur et de sa femme. Rien n'est encore sous presse, mais toutes les bonnes personnes posent les bonnes questions. Je ne dis pas que ça ne peut pas être fait... (Van se passa la main sur le visage.) Mais je conseille vivement la prudence, là, tout de suite.

Mme Norris dit :

— Ian ?

Le géant derrière elle répondit :

— Oui, grand-mère.

— Je veux que tu retiennes ce jour... le jour où ton oncle... a montré son vrai visage. Tu sais ce qu'est... ce vrai visage ?

— Non, grand-mère.

— Celui de la lâcheté, dit-elle.

Elle me montra du doigt et dit à Van, très gentiment, d'une voix parfaitement monocorde et forte :

— Tu dois te débarrasser de lui, mon chéri. Je suis sûr que tu le comprends. Tu vois bien que nous sommes tous là à en discuter devant lui, non ?

— Oui.

— Oui, exactement. Alors... pas besoin de t'expliquer... le fait que nous devrions... faire ce qu'il y a de mieux pour la famille. J'ai juste besoin de savoir... que tu vas le faire. C'est facile à comprendre, n'est-ce pas, mon chéri ?

— Oui.

— Et tu vas faire... ce qu'il y a de mieux pour la famille ?

Van soupira.

— Bien sûr.

— Très bien, mon chéri. Maintenant, comment veux-tu… que nous procédions ?

— Ian et moi allons le sortir par le parking. Le problème de l'infirmière d'étage est réglé.

— Combien ça nous a coûté ? demanda Mme Norris.

— Trois mille.

La vieille dame grimaça comme si on lui avait planté une aiguille dans le bras.

— Trois mille dollars ! Tu n'as pas plus de jugeote qu'un… Tu paierais cinq dollars un seau de crachats.

Le ton haineux de sa voix était atroce. Il était tellement plus violent que celui qu'elle avait employé avec moi. Elle le regarda fixement de ses yeux durs pendant un moment et souffla :

— Putain d'avocat… Pour commencer, t'étais censé… obtenir de la vieille Dyess… de nous laisser le contrôle de… l'usine d'aluminium. Mais t'as foiré. Ensuite, tu donnes au pasteur… une copie du testament.

— Est-ce que je vais devoir entendre parler de ça jusqu'à la fin de ma vie ? demanda Van. C'était ce que Mlle Dyess m'avait dit de faire. Card était le seul en qui elle avait confiance. Comment étais-je censé savoir que Doolittle et toi alliez essayer de contourner son testament ? Je pensais que le dossier serait clos une fois qu'elle serait morte.

— Peut-être que si tu réfléchissais… pour une fois dans ta vie.

— Arrête de m'agresser ! rétorqua-t-il d'un ton sec.

Il sembla rapetisser en le disant, comme un ballon en train de se dégonfler.

Mme Norris pencha la tête. Ian eut un petit sourire narquois. C'était la première expression que je voyais se peindre sur son long visage plat d'iceberg.

Pour finir, Mme Norris sourit à Van avec chaleur et compréhension.

— Oh, mon bébé..., dit-elle tendrement. (Elle prit sa main et y déposa un baiser.) Tu as tellement... de stress. Mais tu t'occupes bien... de ta maman chérie.

— Merci, répondit-il sèchement.

Ian ne bougeait pas. Il restait planté là comme une machine temporairement hors service.

Mme Norris dit à Van :

— Je sais que tu vas t'occuper de ça... pour moi.

— Je le ferai.

— Et de tout le reste... les journaux... et les enquêteurs ?

Van reprit doucement sa main et la fourra dans sa poche.

— Je m'occuperai de tout, mère.

Mme Norris sourit et serra ses mains sur ses genoux. Elle ressemblait à nouveau à une petite vieille, une gentille petite vieille prête à quitter ses amies du club de patchwork.

— Ian, lança-t-elle par-dessus son épaule. Descends-moi... auprès de Dawn. Elle va me ramener... à la maison. Ensuite, tu remontes ici... pour aider ton oncle.

Ian répondit :

— Oui grand-mère.

Elle me regarda.

— Au revoir, dit-elle. Au revoir, monsieur le mort.

Une fois que Ian l'eut emmenée sur son fauteuil roulant, Van s'appuya contre le mur et sortit sa main de sa poche.

— Elle est folle, bien entendu, dit-il.

Je ne répondis pas.

Il essuya une trace de rouge à lèvres sur sa main.

— Mais c'est ma mère, je n'y peux rien.

Il secoua la tête.

— Et Ian… ses parents sont décédés, et elle l'a élevé comme on dresse un chien pour le combat. Il débarquerait ici et me trancherait la gorge si elle lui disait de le faire.

Il rangea sa main dans sa poche, remua ses clés et se mordit la lèvre inférieure.

— Et maintenant ? fis-je.

Il leva les yeux et me regarda par-dessus ses lunettes.

— Au revoir, monsieur le mort.

Chapitre 19

Lorsque Ian entra à nouveau dans la chambre, il faisait craquer ses doigts épais comme des gourdins.

— Allez, au boulot.

Van demanda :

— C'est prêt, en bas ?

— Ouaip.

Ils me regardèrent. C'était étrange de les voir me jauger comme si j'étais un lavabo cassé.

— On devrait le faire ici, non ? fit Ian.

J'ouvris la bouche pour hurler "Au secours" ; j'avais réussi à émettre la première syllabe quand d'un bond souple Ian atteignit le lit et me frappa à la bouche. Une douleur fulgurante me parcourut le cou et descendit dans mes épaules. Soudain, un couteau apparut entre ses mains.

— Ne fais pas ça, dit-il. Sinon, on fera en sorte que ce soit douloureux. On est presque complètement seuls, dans ce couloir, de toute manière. Facilite-nous la tâche, et tais-toi.

Ma lèvre saignait et j'avais mal aux dents. Ian appliqua la lame glacée sur mon front en sueur.

Van dit :

— Je n'ai pas beaucoup d'expérience dans ce genre de choses.

Ian rangea son couteau.

— Je m'en occupe.

— Bon, alors, quelle est la meilleure manière ?

Ian s'approcha de lui, le prit par le bras et l'emmena dans le couloir. Je cherchai frénétiquement le téléphone. Le mouvement provoqua une douleur atroce dans mon cou, et cela ne servit à rien, pour finir, parce que le poste était débranché. Je regardai autour de moi à la recherche de quelque chose – n'importe quoi. Dans le tiroir se trouvaient une Bible, un bloc-notes et un crayon. Je pris le crayon. Peut-être allais-je pouvoir l'enfoncer dans l'œil de quelqu'un.

Au bout de quelques minutes, Ian revint dans la chambre. Il se pencha par-dessus la rambarde du lit, un géant terriblement menaçant, et dit :

— Voilà ce qu'on va faire. (Sa voix était comme une grenade sous-marine.) Je ne suis pas un menteur patenté comme oncle Van. Moi, je trouve que c'est mieux de dire les choses. Voilà la situation. Tu vas mourir ce soir. J'imagine que tu le sais déjà.

Il n'y avait rien à répondre à ça. Rien, dans les yeux de Ian, que je puisse tenter d'amadouer. J'étais un maître dans l'art de la manipulation, mais là, il n'y avait rien à manipuler.

Ian entérina solennellement mon silence.

— Bien. Tu sais. C'est une bonne chose. Je ne veux pas qu'il y ait le moindre doute sur ce point. C'est mon boulot de te tuer, alors, tu sais que ça va se faire. Et je pense que la meilleure manière de procéder, c'est de te droguer et de te trancher la gorge dans la baignoire. C'est ce que je ferais si ça ne tenait qu'à moi. Mais oncle Van veut qu'on te sorte d'ici. Avec lui, il faut que tout soit nickel chrome. Et ça sera bien plus facile si tu vas jusqu'au 4x4, que tu montes dedans et qu'on s'en aille. Il voulait que j'essaie de t'attirer par la ruse, un truc comme on voit dans les films. Genre, te dire qu'on va pas te tuer pour que tu nous suives tranquillement. (Il secoua sa grosse tête.) Tu as entendu grand-mère. Elle a dit que tu serais sous terre ce soir et ce qu'elle dit, c'est parole d'Évangile. J'imagine que tu le sais. Les flics vont vouloir t'arrêter pour avoir tué le pasteur et sa femme, et avoir souillé leur fille. D'une manière ou d'une autre, t'es mort. Alors, voilà l'offre que je suis prêt à te faire : si tu signes ton bon de sortie et que tu vas tranquillement jusqu'à la voiture, je ne te ferai pas de mal. On en aura pas pour longtemps, on ira jusqu'à la concession familiale. Je te laisserai prier une dernière fois, fumer une cigarette ou dire quelques mots. Et ensuite, une fois que tu seras prêt, ce sera une mort relativement paisible. Une balle derrière la tête. Il y a des chances pour que tu n'entendes même pas la détonation. Si tu y réfléchis, ce n'est pas une mauvaise proposition. Un pan, et hop, c'est fini. La plupart des gens n'ont pas la chance de mourir aussi rapidement et aussi simplement. (Il se pencha tout près, exactement comme l'avait fait sa grand-mère, et je sentis une odeur de viande dans son haleine.) Autrement, je vais devoir te faire mal. Et comme je ne suis pas sadique, je serai fâché contre toi parce que tu m'obliges à te faire mal. À alourdir le fardeau qui pèsera sur mon âme. Je te torturerai avec la fureur froide d'un homme qui se trouve obligé d'agir ainsi. Tu me comprends ?

Van entra dans la chambre et dit :

— Ça suffit, Ian. Pour l'amour du Christ.

Ian se retourna et lui lança un regard vide pendant un moment. Puis il dit :

— Difficile de croire que Doolittle et toi étiez frères.

— Mais c'est le cas, répondit Van. (Il ouvrit le placard et sortit mes vêtements.) Tes amis de l'église t'ont apporté des vêtements de rechange. (Il les jeta sur le lit.) Habille-toi et on y va.

Il regarda Ian et donna un coup de menton vers la porte. Ils sortirent dans le couloir pour reprendre leur conciliabule, et je m'habillai lentement.

Je ne pensais pas à grand-chose. J'avais mal à la tête et ma main gauche était bandée pour protéger mes doigts cassés. Il y avait du sang sous mes ongles et mes mains tremblaient. Je n'arrivais pas à penser. Le simple fait de m'habiller requérait toute ma concentration. Je regardai le crayon, mon éventuelle arme, et je le laissai tomber par terre ; il roula sous le lit. J'étais fatigué, mon corps tremblait de douleur. Je m'en fichais. Pourquoi ne pas laisser Ian m'en coller une derrière la tête ?

J'étais habillé et assis calmement lorsque Ian et Van revinrent. Ian souriait. Van donnait l'impression d'avoir la migraine.

— Allons-y, fit-il.

Une fois que j'eus signé quelques formulaires au poste des infirmières désert, nous longeâmes le couloir comme si tout allait bien. Tendu, à côté de moi, Van gardait les yeux rivés sur l'ascenseur au bout sans ciller, mais Ian, lui, avançait comme s'il sortait dehors fumer une cigarette. Je marchais entre eux deux. C'était tout. Je me sentais complètement engourdi.

Une balle derrière la tête.

J'étouffai un rire. Ian me lança un coup d'œil et s'approcha un petit peu de moi, mais Van continua à fixer l'ascenseur. Les couloirs étaient longs, propres, peints en couleurs pastel. Et vides. C'était comme si la réputation et l'argent des Norris avaient fait disparaître les derniers vestiges de l'humanité. Il ne restait plus que les fils Norris et moi.

Une fois dans l'ascenseur, Van enfonça le bouton du plus bas niveau tandis que Ian appuyait sa grande carcasse contre la paroi derrière moi. Comme il s'agissait d'un hôpital de comté de taille moyenne, il n'y avait que trois étages et un parking souterrain. Nous partions du deuxième étage et nous allions au parking, mais soudain l'ascenseur s'arrêta au rez-de-chaussée. Van lança un regard à Ian.

Ian se redressa.

— Restez calmes, dit-il d'un ton chantant. Tous les deux.

Les portes s'ouvrirent et un jeune couple nous sourit. La fille était enceinte et l'homme portait un couffin bleu ciel.

— Bonjour, dit la fille en se glissant entre nous dans la cabine.

— Bonjour, dis-je. Comment allez-vous ?

Ian me toucha dans le dos.

— Bien, dit la fille.

Elle avait des cheveux blond vénitien, un visage étroit et des petites jambes. Son homme lui prit la main. Je ne me souviens plus du tout de lui. Je la regardais, elle, les taches de rousseur qui constellaient son nez et ses joues.

— C'est prévu pour quand ? fis-je.

— Dans dix-sept jours, dit-elle.

— C'est merveilleux. Félicitations.

Son compagnon gardait les yeux rivés sur l'affichage digital des étages. Elle sourit tranquillement et dit :

— Merci. (Elle lança un coup d'œil à ma minerve et dit :) J'espère que ça va.

Le plat froid d'une lame frotta mon coude.

Je soupirai. Elle me regarda, un demi-sourire aux lèvres, attendant que je réponde.

Un tintement, et les portes s'ouvrirent.

Le jeune homme sortit le premier, la fille cligna des yeux, et je ne dis rien et elle lui emboîta le pas. Van sortit derrière elle et je le suivis.

— Par là, dit Ian. Faut y aller doucement.

— Bonne chance, dis-je à la fille. Et félicitations.

Elle me sourit, lança un coup d'œil à Ian, puis revint à moi pour me dire :

— Merci. J'espère que ça va aller.

Son compagnon la prit par la main et elle sourit, se retourna et s'en alla avec lui.

Le parking était minuscule, mais le jeune couple était garé à l'opposé du 4x4 de Ian. Malgré tout, j'entendais le bruit de leurs pas derrière moi. Quelque chose me fit ralentir, un lointain écho d'espoir, mais Ian s'approcha tout près de moi – si près que nous marchions du même pas – et chuchota :

— Si tu m'obliges à faire mal à une fille enceinte, je te torturerai pendant des mois.

J'aimerais dire que je me tins tranquille pour protéger la jolie jeune future maman, mais il est inutile d'essayer de vous convaincre que je suis un être humain honnête. Je n'avais pas peur pour la fille, mais lorsque Ian se colla contre moi et me chuchota qu'il la tuerait, je savais qu'il le ferait. J'en perdis mes moyens. Mon dernier espoir s'envolait.

Lorsque je montai à l'arrière de la voiture, j'avais la certitude que j'allais bientôt mourir. Et la plupart du temps, pour être vraiment sincère, j'aurais préféré qu'il en soit ainsi.

Chapitre 20

Une fois que je fus installé et menotté à l'arrière, nous sortîmes du parking. Alors qu'il s'engageait sur la route qui menait aux montagnes, Ian ouvrit sa vitre et alluma une cigarette. Van était assis à côté de lui et il me surveillait. Bientôt, nous eûmes quitté la ville, et tandis que Ian suivait la route accrochée au flanc sombre d'une montagne, leurs deux silhouettes se découpaient dans le clair de lune et la lumière du tableau de bord.

— Tout s'est bien passé, dit Ian.

— Je suis content que tu sois de cet avis, dit Van.

Ian contempla sa cigarette quelques instants.

— Tu te fais trop de souci, Van. C'est pas bon pour ton cœur.

Van secoua la tête.

— Quoi ? dit Ian.

Van secoua la tête à nouveau.

Ian répéta :

— Quoi ?

— Il faut bien que je me fasse du souci, dit Van d'un ton sec. Je suis le seul qui s'en fait. C'est mon boulot dans cette famille. Tu as entendu ce qu'elle disait, tout à l'heure. Ce n'est pas nouveau. Elle n'invente pas de nouvelles insultes, Ian. Ces insultes ont cinquante-sept ans. Elle raconte les mêmes conneries depuis que je suis né, mais j'ai toujours été obligé d'être celui qui était prudent.

— J'ai comme l'impression que Doolittle se débrouillait pas trop mal pour gérer ses petites affaires.

Van ricana.

— Tu le penses vraiment, on dirait.

— Quoi ?

— Elle et toi, vous…

Ian me lança un coup d'œil dans le rétroviseur. Il demanda à Van :

— Tu le surveilles ?

Van se tourna et me regarda.

— Oui, dit-il, puis il revint à Ian et dit : Toi et elle, vous agissez tous les deux comme si je ne comptais pas. Doolittle au moins comprenait ma fonction dans la famille.

— C'est grand-mère qui dirige la famille.

Van soupira.

— Bien sûr.

— C'est pas vrai, peut-être ?

Van se passa une main sur le visage.

— Oh Doolittle, dit-il sur un ton implorant, tu t'en es bien tiré. Le seul répit, c'est la mort. (Puis à Ian :) C'est une vieille dame, Ian. Rien de plus qu'une méchante vieille dame. Oui, elle est toujours forte comme un ouragan, et oui, elle est plus folle que nous autres – ce qui n'est pas peu dire –, mais, au final, elle n'est qu'une méchante vieille dame.

— Alors, qui dirige cette famille ?

— Doolittle dirigeait la famille. Je dirigeais la famille.

Ian tirait sur sa cigarette tandis que l'air froid entrait par la vitre ouverte. Van et moi tentions de nous en protéger, de nous en éloigner en courbant les épaules, mais Ian restait impassible et le laissait se déverser sur lui comme la bise sur un glacier.

— Tu dis n'importe quoi.

— Je dirigeais...

— Laisse-moi te dire pourquoi c'est n'importe quoi. Doolittle n'est plus là. Ce qui signifie qu'il nous faut un nouveau général. Parce que c'était exactement ce qu'était Doolittle, un général. Toi, tu es à la rigueur un capitaine. J'étais un capitaine, moi aussi. Mais grand-mère est le président, Van. Tu ferais bien de ne pas l'oublier.

Van se tourna vers moi et me regarda pendant un moment. Mais son esprit était occupé à tout autre chose, visiblement. Un souci lointain le préoccupait, mais je ne savais pas ce qui le troublait, le passé ou l'avenir.

Pour finir, il dit à son neveu :

— Ce que j'essaie de dire, c'est qu'il faut quelqu'un pour s'inquiéter. Elle est imprudente. Ce n'est pas déloyal que de le faire remarquer.

— Je suppose que nous avons des définitions différentes de l'inquiétude, alors. Et de l'imprudence.

— Apparemment, oui, mais tu pourrais te rappeler que Doolittle avait confiance en moi. Peut-être que tu devrais avoir confiance en moi, toi aussi.

— J'ai confiance en elle parce qu'elle est ma famille, Van. Toi, tu n'es rien de plus qu'un associé en affaires.

Van secoua la tête.

— Je suis autant ta famille qu'elle, Ian.

Ian rit, quelque chose que je n'aurais pas cru possible.

— Où étais-tu lorsque mon père a disparu ? Où étais-tu lorsque ma mère est morte ? Où était Doolittle ? Et oncle Léon ? Et même tante Lacey ?

— Nous avons tous donné un coup de main, Ian.

— Ouais, dit Ian en jetant son mégot d'une pichenette par la fenêtre. Je ne m'en souviens pas. La seule dont je me souvienne, c'est grand-mère.

— Elle ne laissait personne te voir, Ian ! (Van glissa jusqu'au bord de son siège, le regard fixé sur son neveu.) Aucun de nous. Elle te gardait là-bas, dans ce trou perdu. Je venais en voiture, et elle me chassait. Demande à Lacey. Elle l'a fait avec nous tous. Chaque fois que je te voyais, tu avais pris trois centimètres et dix kilos. On te voyait une fois, peut-être deux fois par an.

— Je suis sûr que vous avez fait beaucoup d'efforts.

— Ian, je te le promets. Demande à n'importe lequel d'entre nous. Si Doo était encore là, il te dirait la même chose. Tu étais un petit garçon de cinq ans maigrichon, elle t'a emmené dans cette maison, elle a fermé la porte à double tour, et lorsque tu en es sorti, tu avais vingt ans et tu étais d'une taille colossale.

Ian bougea un peu sur son siège.

— Qu'est-ce que tu es en train de me dire, exactement, Van ?

Van soupira.

— Rien, Ian.

— Non, dis-moi.

Van secoua la tête.

— Laisse tomber. (Il s'enfonça dans son siège et me regarda.) Qu'est-ce que vous dites de nos petits drames familiaux, Frère Webb ?

— Chaque famille malheureuse l'est à sa façon.

Van continua à me fixer. Puis il s'adossa, ferma les yeux et dit :

— C'est bien la première fois que Tolstoï est cité dans cette voiture, je parie.

Puis il se tut.

Nous roulâmes en silence pendant encore une bonne heure. Mon esprit, qui généralement tourne à plein régime, était au repos. Ou engourdi. Je ne m'inquiétais pas de la perspective de mourir. Je ne pensais ni au paradis, ni à l'enfer, ni aux Card ni à Angela. Je ne pensais à rien. Nous nous enfonçâmes plus profondément dans les replis obscurs des Ozarks, et le ciel nocturne fut occulté par de la roche et une sombre frondaison. Van dormait, ou faisait semblant de dormir, et Ian conduisait, couché sur le volant, ses épaules larges très raides.

Enfin, il quitta la route asphaltée et nous cahotâmes sur un chemin de terre. Les pierres et les mottes de terre cognaient contre le bas de caisse. Van se redressa et me regarda. Je ne pouvais voir son visage.

Ian quitta la route et commença l'ascension d'un coteau herbeux qui s'enfonçait dans les arbres. Lorsque nous parvînmes à la lisière de la forêt, il arrêta le 4x4.

Il passa à l'arrière, fit coulisser la portière et me tira dehors. Van sortit derrière nous. Le ciel nocturne était visible entre les cimes des arbres, et le clair de lune bleuté imprégnait notre peau. Ian me poussa vers la forêt.

Chapitre 21

Je marchai, les deux hommes derrière moi.

Devant moi, les troncs noirs et leurs ombres vacillantes se croisaient pour former les barreaux instables d'une cellule. La forêt m'avalait à chaque pas un peu plus. Tandis que la famille Norris me faisait avancer vers ma mort dans les bois cassants de l'hiver en Arkansas, je me refermai complètement. J'avais les mains menottées devant, et je les levai pour repousser des branches. Ma conscience du monde extérieur n'allait pas au-delà.

Je trouvais étrange qu'aucun des deux Norris n'ait l'idée de passer devant moi. Le choix le plus judicieux, me semblait-il, aurait été que Van ouvre la marche, que je reste au milieu, et que Ian marche derrière moi. Mais ils semblaient à peine conscients de ma présence.

Et ça voulait tout dire, non ? Même pour mes meurtriers, j'étais insignifiant.

— Qu'est-ce que tu veux dire ? énonça la voix profonde de Ian.

— Quoi ? (La voix de Van était ténue, effrayée par les ombres et les murmures nocturnes qui tournoyaient dans les arbres.) Je n'ai rien dit. (Puis :) Bon sang, ça fait un moment que je ne suis pas venu ici.

— Dans la voiture. Qu'est-ce que tu disais sur Grand-mère, qui était folle ?

— Laisse tomber, Ian. Ce n'est pas important.

— Ça paraissait important pour toi, tout à l'heure. C'est ce qui m'inquiète chez toi, Van. Tu es fourbe. C'est pour ça qu'elle a fait de toi l'avocat de la famille.

— J'ai fait mon droit, Ian. C'est pour ça que je suis avocat.

Une rafale de vent agita les branches comme des talismans.

— Voilà l'autre chose qui m'inquiète chez toi, dit Ian. Tu crois que tu es ton propre maître. Un homme intelligent saurait que ce n'est pas le cas.

Je trébuchai sur un tronc et faillis tomber. La main géante de Ian se referma sur mon coude et me remit droit.

— Avance, dit-il.

J'obéis et Van dit :

— Je suis mon propre maître, Ian. Et je n'ai pas peur de toi.

En toute honnêteté, à ce moment-là, j'étais plus inquiet pour Van que pour moi-même. Comme un homme criant des conseils en face d'un écran de cinéma, je voulais l'avertir, je voulais lui dire de la fermer.

— Van, dit Ian. Tu ne devrais pas avoir peur de moi. Tu devrais avoir peur d'elle.

— C'est une vieille dame, dit Van, mais sa voix tremblait comme s'il avait peur qu'elle l'entende.

Devant moi, les arbres commençaient à être moins denses, et nous arrivâmes dans une clairière. Elle n'avait rien de particulier, juste de l'herbe et des pierres que la nuit teintait de noir et de gris. Le cimetière familial des Norris. Mon cimetière.

Van se décala vers ma gauche, les yeux rivés sur le sol.

— Je ne suis pas revenu ici depuis… depuis cette fameuse nuit de Thanksgiving, cette année-là.

— La nuit où elle a sauvé la famille, dit Ian en s'avançant vers ma droite.

Van émit un son qui ressemblait à un rire au fond de la gorge.

— Ouais. Avant ça, on était une famille maltraitée. Après, on est devenus une bande de meurtriers.

— Tu es effectivement faible, dit Ian. Elle a bien raison. Tu aurais préféré rester une victime. Toi, son fils aîné, tu l'aurais laissée être l'esclave du monstre le plus répugnant que l'enfer ait jamais vomi dans ce monde.

Van restait là, les mains sur les hanches, la tête inclinée pour contempler le sol où son père pourrissait depuis des décennies.

— J'avais à peine dix-sept ans, Ian.

Le clair de lune glacial tomba sur le crâne lisse et les larges épaules de Ian. Dans les ténèbres, sa voix, lourde et épaisse, dit:

— À l'âge de dix-sept ans, j'aurais donné ma vie pour elle. J'aurais versé jusqu'à la dernière goutte de mon sang avant de laisser un autre homme la toucher.

Van se redressa et regarda Ian.

— C'est ce qu'elle voulait. Voilà pourquoi elle t'a soustrait à nous.

— Vas-y, Van, dis ce que tu as à dire.

Aussi discrètement que possible, je fis un pas en arrière. Les deux silhouettes se tenaient face à face comme des ombres épaisses, lourdes.

— Pauvre crétin d'idiot. Je dis qu'elle nous a empêchés de t'approcher pour pouvoir faire de toi son petit soldat personnel.

— Tu dois être fou pour me parler de cette manière.

— Peut-être.

— Toi qui laissais un homme la battre sous tes yeux. Toi qui as été conçu par un ivrogne lors d'un viol.

— Elle t'a raconté ça ? fit Van. (Puis il secoua la tête.) Que dis-je ? Bien sûr qu'elle te l'a raconté.

Ian prit une position bien droite tandis que sa voix profonde commençait à trembler.

— Elle me l'a raconté. Elle m'a parlé de leur nuit de noces, quand son père l'avait donnée à cet... homme, ce fils de pasteur que tout le monde aimait et respectait. Elle m'a raconté comment ce premier soir, il s'est saoulé, il l'a battue et a abusé d'elle. Et elle m'a dit que tu étais né de cette première nuit.

— Bon sang, Ian. Tu aurais pu être un si bon garçon.

Ian resta silencieux un moment, mais j'entendis un bruit, peut-être de l'émotion qui mourait au fond de sa gorge. Il finit par dire :

— Toi, le bâtard du monstre qui a... violé cette précieuse femme.

Van répondit :

— Elle t'a enlevé et maintenant, voilà ce qu'elle a fait de toi. Elle t'a infecté comme elle a infecté tous ceux à qui elle a donné naissance. En pire.

Ian s'avança vers lui, un colosse dans la nuit. Sa voix, étonnée presque au point d'être amusée, monta dans les aigus, portée par une vague de colère.

— Tu dois avoir envie de mourir. Pour me parler d'elle de cette manière, tu dois vouloir que je te tue.

— Ian...

— Tu dois vouloir mourir.

— Non, pas du tout, dit Van qui leva un pistolet dans les ténèbres et tira cinq balles dans la poitrine de Ian.

Chapitre 22

Je ne me souviens pas de ma chute. Je me souviens juste de l'explosion et du cri de Ian ; ensuite, j'étais au sol, le visage dans la terre et les feuilles.

Se découpant sur le ciel nocturne, Van se tenait là, le bras tendu, l'arme toujours pointée vers Ian. Une fine volute de poudre flottait dans la brise au-dessus de ma tête.

Ian était par terre, griffant l'herbe. Il enfonçait un pied dans le sol comme s'il essayait de sortir d'un trou. Un gémissement sourd lui échappa dans un ultime souffle. Il était mort.

Van s'approcha de lui et s'accroupit. Pendant un moment, il resta là, à contempler le géant mort. Puis il tâta son cou à la recherche d'un pouls.

Chacun de mes muscles avait sa propre idée sur ce qu'il fallait faire. Foncer sur lui ? Courir ? Rester là et attendre la suite ? Paralysé, je ne fis rien. Mais bien que mon corps ne puisse trouver la force d'agir, je ressentais malgré tout quelque chose. Ce n'est que plus tard, en y repensant, que je fus capable de déchiffrer l'impression. C'était un réveil de ma peur. J'avais pensé que j'étais prêt à mourir là, dans les bois, mais lorsque la fusillade avait commencé, je m'étais rapidement baissé.

Et voilà – personne ne veut mourir.

— Il est mort, dit Van.

Sa voix était claire et sans remords.

Je ne dis rien.

Il pivota et vint jusqu'à moi. Je me mis à genoux.

— S'il vous plaît, implorai-je. S'il vous plaît, Van.

Il se pencha, et je vis enfin son pâle visage bleu dans la pénombre. Le pistolet pendait de sa main droite.

— Et qu'est-ce que je fais de toi ? Voilà la question.

Je m'apprêtai à dire quelque chose, mais il secoua la tête.

— Non, contente-toi de te mettre debout. Retournons à la voiture. Et pas un mot. Laisse-moi réfléchir.

Je fis ce qu'il avait dit, et laissant Ian mort dans l'herbe, nous repartîmes en trébuchant dans la forêt sombre. Arrivés au 4x4, nous montâmes sans parler. Ian avait laissé les clés sur le contact ; Van démarra et sortit en marche arrière de la clairière. Tandis que nous descendions le chemin en cahotant, j'essayai de tenir ma langue, mais la peur en moi était réelle et elle grandissait, tout en nourrissant, comme toujours, le nouvel espoir qui venait de naître en moi. C'en était trop.

— À quoi pensez-vous ? demandai-je.

Van secoua la tête. Bien qu'il fût l'avocat de la famille, il était le seul Norris que j'aie rencontré qui ne soit pas un bavard. Je savais qu'il me faudrait lui faire mon baratin et courir le risque de l'agacer.

— Je vais être honnête avec vous, Van, dis-je. Je ne sais pas très bien pourquoi vous avez fait ce que vous venez de faire. Je peux imaginer que c'est en partie explicable par des années de conflits dans votre famille. Mais j'imagine aussi... que la motivation était d'abord l'auto-préservation. Comme vous l'avez dit à votre mère, me tuer est une mauvaise idée. Cela ne fera qu'attirer encore plus l'attention sur votre famille.

Van conduisait avec une main sur le volant. L'autre main, posée sur ses genoux, tenait le pistolet.

— Réfléchissez, dis-je. Que se passera-t-il si je disparais ? Que se passera-t-il si je m'en vais ? La tempête me suivra, non ? Doolittle, les Card, tout me désigne, et si je pars, j'emporte tout avec moi.

— Tu es bien parti pour me convaincre de me débarrasser de toi de manière définitive, tu sais.

Ma pomme d'Adam fit un bond, et je dus déglutir avant de pouvoir dire :

— Oui. Mais réfléchissez un peu d'une autre façon : tant que je cours, ils continuent à me poursuivre.

— Et lorsqu'ils te trouveront ? Cela finit toujours par arriver. Qu'est-ce qui t'empêchera de parler de ce qui vient de se passer ?

— L'inanité, répondis-je. L'inanité de ma situation. Du jour où je ne me présenterai pas au travail, je serai recherché pour double homicide. Et incendie criminel. Et détournement de mineure. Peut-être homicide pour Doolittle. Qu'est-ce que ça me rapporterait d'essayer de vous vendre à la police ? Même si je voulais vous donner, qui me croirait ? Je serais le pire témoin du monde. Et de toute manière, je sais que vous êtes trop malin pour laisser Ian là où il se trouve. Vous allez le déplacer. Vous aurez fabriqué l'alibi nécessaire. Je suis certain que vous pourriez me faire tuer en prison. Pourquoi provoquerais-je votre courroux ?

Nous arrivâmes au bout du chemin et j'étais totalement perdu quant au lieu où nous nous trouvions. Van s'arrêta un moment, nous étions encore sur la route. À gauche, un autre chemin de graviers grimpait pour s'enfoncer dans un bois, dans d'autres ténèbres. Il contempla cette voie pendant quelques instants. Je ne sais pas s'il envisageait de m'emmener là-haut pour me tuer, mais je n'étais plus insensible à l'idée de la mort. Je pensai à Ian, grand, vivant, méchant, couché dans les bois, le corps se raidissant dans l'air nocturne. J'avais survécu à Doolittle. J'avais survécu à Ian. J'étais prêt à me battre contre Van si besoin était, et lorsqu'il tourna à gauche pour monter entre les arbres, je serrai les poings.

— Où allons-nous ? demandai-je.

— Je pense que tu as plus raison que tu ne le penses. Je vais te laisser partir et nier t'avoir rencontré. Mais d'abord, il faut qu'on fasse une étape.

Nous montâmes en crissant la route de graviers jusqu'à ce qu'elle laisse place à une allée de terre menant à une grande maison délabrée. Elle comportait un étage, un grand porche devant et de grandes baies vitrées. La maison était plongée dans le noir, à l'exception de la lumière extérieure. Au loin, je vis une grange et un tas de vieux tacots en train de rouiller sous la rosée.

Van éteignit les phares et s'approcha lentement ; il resta là un moment sans bouger.

Il regarda la maison et sortit un trousseau de clés de sa poche. Il défit mes menottes, puis il détacha une clé du trousseau et me la tendit.

Je la pris.

Il désigna la maison.

— Ma mère, dit-il.

Je regardai la maison.

Il me montra la fenêtre la plus éloignée de nous au premier étage.

— Là-haut.

Il prit une grande inspiration.

— Quoi ? dis-je.

— Je veux que tu montes là-haut.

Je le regardai.

Il soutint mon regard.

— Êtes-vous en train de dire ce que je crois que vous dites ?

— Oui.

— Votre propre mère ?

Van prit une nouvelle inspiration.

— Nous ne sommes pas vraiment dans la petite maison dans la prairie, Frère Webb.

Je secouai la tête et essayai de lui rendre la clé.

Il fronça les sourcils comme si j'avais insulté son intelligence.

— Au point où tu en es, tu veux vraiment me faire croire que tu as la moindre réserve sur le fait de monter là-haut et d'étouffer une petite vieille dans son lit ? Une petite vieille qui, d'ailleurs, nous torturera et nous tuera tous les deux si elle découvre ce qui est arrivé à Ian. (Il désigna la clé.) Vas-y. Et garde bien ça à l'esprit : ton problème le plus sérieux, c'est elle.

— Alors, si je le fais ?

— Je nous ramène en ville. Tu es libre de faire ce que tu veux – mais si j'étais toi, je prendrais mes jambes à mon cou.

Le poids de la situation commença à m'écraser.

— J'imagine que je vais me retrouver avec les décès de Ian et de votre mère attachés à mon nom ?

Van sourit. Je crois qu'il ne put s'en empêcher, mais pour la première fois, je vis qu'il était sans aucun doute un Norris.

— Ils ne pourront t'exécuter qu'une seule fois, Frère Webb.

— Seigneur Jésus, jurai-je.

— C'est toi qui vois. C'est le meilleur deal que tu auras jamais. Je te laisse partir et tu te débarrasses de ma mère. Si elle vit assez longtemps pour découvrir que Ian est mort, elle fouillera chaque recoin de l'Arkansas en brûlant tout sur son passage pour te retrouver.

— Je vais le faire, dis-je.

Que pouvais-je dire d'autre ? Je savais qu'il avait raison.

Van reprit :

— À cette heure-ci, elle dort. Elle n'est pas de ces vieilles qui veillent tard le soir. Elle aime bien dormir. Ça a toujours été le cas. Entre par la porte, l'escalier sera sur ta gauche. En haut, prends à gauche. La dernière chambre sur la droite. Son appareil auditif sera posé sur sa table de nuit à côté de ses dents. Agis rapidement, et tirons-nous d'ici.

Je serrai le poing autour de la clé, ouvris la portière et sortis du 4x4. Je contournai le véhicule et avançai vers la maison sombre. J'entendis au loin, dans les bois, aboyer un chien solitaire qui souffrait du froid. La clé me paraissait lourde dans ma main moite. Je la passai dans mon autre main. J'avais mal au cou.

Lorsque j'arrivai à la maison, je montai rapidement les marches du porche. Je glissai la clé dans la serrure et me tournai vers Van. Je le distinguai à peine dans le clair de lune, son visage triste, aux traits tirés. Je ne sais pas ce qu'il pensait. J'imagine qu'il trouvait que la vie ne lui avait pas donné beaucoup de choix.

Je savais qu'à moi la vie n'avait pas donné de choix. J'ouvris la porte et entrai.

Chapitre 23

Il y régnait l'odeur typique de la maison d'une vieille. L'odeur de tapis qui auraient besoin d'être nettoyés, d'étagères couvertes de poussière, d'années de fritures dans la cuisine. La puanteur âcre de la pisse de chat. L'accumulation des souvenirs et de l'âge, la négligence devant le *maintenant*, au profit de l'inertie réconfortante de l'*avant*.

J'attendis à la porte, m'habituant à l'odeur, laissant mes yeux s'accoutumer à l'obscurité. Je repensai au moment où j'étais entré chez les Card. J'imagine que la comparaison était inévitable. La différence pour moi, bien entendu, était que je n'avais pas pénétré chez les Card pour les tuer. Malgré tout ce qu'on pourrait dire, je m'étais introduit chez eux afin de voler quelque chose pour le compte de Doolittle.

Mais je m'introduisis chez Bertie Mae Norris pour la tuer. Cette vieille dame fut la seule personne que j'entrepris jamais de tuer.

Mais alors que j'étais là, dans le hall, je pensais moins à la vie de Mme Norris qu'à sa maison. Lorsque j'étais entré chez les Card, je savais me repérer. J'y étais déjà allé. Mais je n'avais jamais mis le pied chez Mme Norris de ma vie. Les instructions de Van s'envolèrent comme un numéro de téléphone qu'on a négligé de noter.

Je savais que je cherchais un escalier. Dès que mes yeux se furent adaptés au mélange d'obscurité et de clair de lune dans la maison, je vis que le hall donnait sur un grand salon. Il y avait deux canapés, une table basse, un tableau au-dessus d'une cheminée. Sur ma droite, des rais de lumière de lune obliques entraient par les fenêtres de cuisine et éclairaient un chat assis sur le plan de travail. Il me regarda fixement, sans manifester de grande émotion mais avec un intérêt certain. Les ombres sous la table se mirent à bouger.

Il y avait un autre chat. Un gros. Il parcourut le plancher de la cuisine et s'approcha de moi, se frotta contre ma jambe. Je tendis la main pour le caresser et il enfonça sa tête dans ma paume avant de se laisser tomber à mes pieds comme s'il m'aimait depuis toujours.

Je me levai et partis sur ma gauche. Le chat me regarda m'éloigner, se leva et retourna tranquillement à la cuisine. À ma gauche se trouvait une volée de marches, étonnamment raides. Doucement, je montai la première, mais le bois gémit comme si je lui avais fait mal. Ian était peut-être complètement dévoué à sa grand-mère, mais il n'avait pas passé son temps à entretenir la maison pour elle. Van avait dit que sa mère avait le sommeil profond, mais, à chaque pas, l'escalier craquait. À mi-chemin, un autre chat cracha sur mon passage, me planta ses griffes dans le mollet avant de descendre l'escalier à toute vitesse. Je dus m'agripper à la balustrade pour ne pas tomber en arrière.

Arrivé sur le palier, je m'arrêtai un instant. Il n'y avait pas de fenêtre dans le couloir et je ne parvenais pas à me rappeler où Van m'avait dit que je trouverais sa mère. Je pris à gauche, avançant à pas de loup. Un autre satané chat cracha. Il était rachitique, avait la queue raccourcie et le dos arqué.

J'essayai de passer à côté de lui, mais la bestiole ne cessait de cracher, de plus en plus fort, jusqu'à émettre un grondement affreux et puissant.

J'eus envie de courir. Je ne voulais pas que la vieille se réveille et se mette à crier. Je ne voulais pas avoir à la regarder dans les yeux.

Le chat continua à gronder. Je tendis la jambe et agitai mon pied sous le nez de la bête. Le chat donna deux trois coups de patte à ma chaussure, et je la lui flanquai dans la figure. Il partit en trombe, se cogna dans un mur et disparut.

Une fois que j'eus retrouvé mon souffle, j'allai jusqu'au bout du couloir. La chambre de Mme Norris donnait sur le jardin devant, et je sus qu'elle devait être sur la droite. La porte était fermée.

Lorsque je tournai le bouton, j'avais la main poisseuse de sueur. La porte craqua comme un vieux cercueil. Je mis le pied à l'intérieur. Directement devant moi, un grand clair de lune passait par deux grandes fenêtres écartées de quelques mètres. Il me fallut quelques longues secondes pour que mes yeux s'habituent. Je n'étais même pas certain de l'endroit où se trouvait le lit. Lorsque mes yeux furent accoutumés, je vis le grand lit entre les fenêtres. Je vis aussi Mme Norris assise, me regardant droit dans les yeux, le clair de lune glacial se reflétant sur le pistolet qu'elle tenait dans sa main.

— Tu es venu jusqu'ici… pour me tuer ?

Je n'avais pas la moindre idée de la manière dont je pouvais répondre à cette question, alors je n'essayai même pas.

— C'est mon… fils, là-dehors… dans le 4x4 ?

— Oui, madame, dis-je.

Mes yeux s'adaptant à la pénombre, je vis ses cheveux défaits couvrant sa poitrine. Elle portait une chemise de nuit blanche et, dans l'obscurité, elle avait l'air beaucoup plus jeune. Il fallut une seconde – parce qu'elle m'avait surpris, parce qu'elle tenait une arme, parce que j'étais terrifié –, mais je remarquai autre chose aussi. Un autre de ces détails qui ne s'imprima pas vraiment sur le moment, mais qui s'éclaircit avec les années : elle était assise sur le côté gauche du lit, non pas au milieu. À sa droite, il y avait un creux dans le matelas. Un creux très marqué.

— Où est Ian ? demanda-t-elle.

Je tâtonnai à la recherche de la porte.

Elle brandit l'arme à deux mains.

— Je suis vieille, dit-elle, mais ceci... est un pistolet facile... à utiliser. Et... j'ai trouvé les balles... en rentrant à la maison... Alors, enlevez votre main... de la porte.

Je laissai tomber ma main.

— OK, dis-je.

— Je vous ai posé... une question.

— Je ne sais pas.

— Je sais que vous mentez, très cher. Dites-moi... où se trouve mon Ian.

— S'il vous plaît, dis-je.

Je ne savais pas quoi dire d'autre.

Elle me regarda fixement. Je ne la voyais pas bien, mais je crois qu'elle avait les larmes aux yeux.

— Ian...

— Ce n'est pas moi, dis-je.

Elle baissa son arme. Elle laissa tomber sa tête. J'aurais pu m'enfuir, je le savais, mais je n'en fis rien. Je la regardai, assise là dans le noir, pensant à Ian.

— Mon précieux Ian.

— Ce n'est pas moi, répétai-je.

— Non, dit-elle, en se calant contre ses oreillers. C'est Van. Qui a pris mon précieux Ian.

— Oui, madame, dis-je. C'est lui qui m'envoie ici. (Je retrouvais mon sang-froid. J'aurais pu m'enfuir, mais je vis plus de bénéfices à ne pas courir à ce moment-là.) Je ne sais pas pourquoi il a tué Ian.

Je me mis à parler, je lui dis que je pouvais redescendre, dire à Van que j'avais fait ce qu'il voulait que je fasse. Elle pouvait garder une longueur d'avance sur lui. Ou bien elle pouvait sortir avec moi et le confondre. Ou je pouvais attirer Van dans la maison. Je parlai un bon moment. J'en fis des tonnes. Je lui vendis mon affaire.

Et elle ne dit rien. Elle ne bougea pas. Du tout.

Il me fallut un moment pour comprendre. Je me laisse prendre à m'écouter parler, comme vous l'avez certainement compris. Mais finalement, l'information me parvint. Elle ne bougeait pas. Je dis :

— Madame Norris.

Rien.

— Madame Norris ?

Je fis un pas en avant. Le pistolet posé sur ses genoux luisait toujours dans le clair de lune. Je le saisis. Et elle resta là, la tête en arrière posée sur les oreillers, les yeux ouverts. Je touchai son épaule et elle s'avachit un peu, ses poumons exhalant le dernier souffle qu'elle avait inspiré, une respiration restée piégée qui s'échappa lorsqu'elle bascula et mourut.

Alors ? demanda son fils tandis que nous démarrions.

— Elle est morte, dis-je. Votre mère est morte.

Van posa son coude sur l'accoudoir de son siège et se passa la main sur le visage. Lorsque nous arrivâmes au bout du chemin de gravier, il tourna et nous prîmes un autre chemin jusqu'à atteindre la route asphaltée à deux voies.

Nous roulions en silence depuis un moment lorsqu'il toussa et essuya quelques larmes, avant de s'éclaircir la voix.

— Tu dois trouver ça assez drôle, dit-il. Que je pleure.

Je le regardai un bon moment essuyer d'autres larmes et finir par arrêter de pleurer. Je pensai à sa mère morte d'avoir eu le cœur brisé, pensai au cri de Frère Card lorsqu'il avait vu sa femme morte étendue sur le sol de la cuisine, pensai à Angela sanglotant après le décès de ses parents.

Je secouai la tête.

— Tout le monde aime quelqu'un.

Chapitre 24

VAN nous ramena à l'hôpital et se gara le long du trottoir, loin de l'entrée.

— Ici ? demandai-je.

— Et où voudrais-tu que ce soit ?

— Je pensais que vous me ramèneriez à Church Street.

— Non, dit-il. Cela ne ferait de bien à aucun de nous deux si on nous voyait ensemble.

— Et comment je vais rentrer chez moi ?

Il n'y avait aucune intention cachée derrière ma question, mais Van me lança un regard plein de pitié.

— Bon sang, fit-il. Vous m'étonnerez toujours, Frère Webb. Pour un roi du crime, vous êtes drôlement nul.

— Je ne suis pas un roi du crime.

— Non, mais vous êtes un criminel. Comme moi. Sortez, maintenant. Nous ne nous reverrons jamais, bien entendu. Je vous conseille de vous mettre à courir aussi vite et aussi intelligemment que vous le pouvez.

J'ouvris la portière et sortis. Je n'avais plus rien à dire, lui non plus, alors, il partit et je retournai à l'hôpital. Il fallait que je rentre à Little Rock, mais je n'avais pas d'argent sur moi. Je me dis que j'allais monter au poste des infirmières et leur emprunter leur téléphone pour appeler un paroissien.

Je réfléchissais encore à ça lorsque j'entendis quelqu'un crier mon nom.

Je me retournai et vis Frère Herschel sortant par l'une des portes latérales de l'hôpital. Je lui fis signe.

Puis je remarquai qu'il était en compagnie de Nick.

Ils s'approchèrent de moi, et Nick demanda :

— C'était Van ?

— Pardon ?

— Le type qui vient de vous déposer. On aurait dit mon beau-frère.

— Ouais, c'était Van. Nous parlions.

Frère Herschel me regarda en souriant.

— Je suis surpris de vous voir sur pied si tôt, Frère.

Je me frottai l'épaule.

— Encore mal, mais ça va. Je guéris rapidement. J'ai toujours été comme ça.

Ils proposèrent de me ramener chez moi. Je n'avais pas particulièrement envie de parler à Nick, mais il me fallait rentrer le plus vite possible, alors j'acceptai. Je ne cessai de regarder derrière nous pour voir si quelqu'un suivait la voiture de Nick. De temps en temps, des pick-up ou des voitures apparaissaient, mais je ne vis pas le moindre signe laissant supposer que nous étions suivis. Je ne m'en serais pas forcément aperçu, ceci dit.

Nick était au volant et Frère Herschel était assis devant, alors je pus m'étendre à l'arrière. En fait, je dormis pendant un petit moment. J'étais épuisé. Je tombai comme une masse.

Je rêvai. Je ne rêve pas beaucoup, d'habitude. Je n'ai jamais beaucoup rêvé. Peut-être mon inconscient est-il trop peu développé, ou peut-être ne se passe-t-il pas assez de choses en moi. Je ne sais pas, mais je rêve rarement. Le rêve que je fis à l'arrière de la voiture de Nick me troubla. Je me trouvais dans la maison de mon père. Il était assis sur le porche de derrière et tirait sur des arbres. Angela et moi étions cachés dans ma chambre et elle me montrait ses seins, mais ils n'avaient pas de tétons.

Mon père appela :

— Angela !

— Faut que j'y aille, dit-elle.

— Non, répondis-je.

Et ensuite, il y avait Bertie Mae Norris et elle se penchait et m'embrassait. Ma bouche était en sang, je la repoussai et courus dehors. Angela était assise sur les genoux de Frère Card. Je restai derrière eux. Dans le jardin, Mme Card ramassait des membres épars. Je me mis à pleurer et je me réveillai.

Dès qu'il vit que j'étais réveillé, Nick attaqua avec ses questions.

— Je ne savais pas que vous connaissiez la famille Norris.

Il parlait, bien entendu, de Doolittle. Il me fallut une seconde, tout en essayant de mettre le rêve de côté, pour me rappeler ce que Nick savait et ce qu'il ne savait pas.

— Pas très bien, répondis-je. Je ne les connaissais pas avant que vous me présentiez le shérif Norris, vous vous rappelez ? Son fils est dans notre groupe de jeunes.

— C'est exact.

— Nous nous étions parlé ces dernières semaines à propos de… (Impossible de me rappeler le prénom de Tim)… son fils. Je crois que ça lui avait ouvert des horizons spirituels. Nous en parlions de temps en temps. Je crois que le Seigneur était en train de le convaincre qu'il avait besoin d'un changement.

Frère Herschel hocha la tête.

Nick me lança un coup d'œil dans le rétroviseur.

— Je vois, dit-il. C'est bizarre que Doolittle n'en ait pas dit un mot à Lacey.

— Comment va Lacey ? Ce doit être un moment difficile pour elle.

— Eh bien, son frère est mort, et nous n'avons aucune raison de penser que son âme ait été sauvée avant sa mort...

Le ton de Nick impliquait que j'étais un idiot. Ou pire.

— Je suis tellement désolé. Vous lui direz.

— C'est étrange que Doolittle n'ait pas partagé avec elle cette lutte qu'il vivait, poursuivit Nick. Elle et moi avons essayé de lui parler du Seigneur ces huit dernières années, alors, c'est vraiment très bizarre qu'il ne lui en ait pas touché un mot, vous ne pensez pas ?

— Je crois qu'il n'était pas encore prêt à lui parler. J'imagine que c'était troublant pour lui. Ce n'était pas un homme enclin à l'introspection.

— Non, confirma Nick. Certainement pas.

— Alors, nous parlions. Nous nous promenions en voiture et nous parlions.

— Je suis venu vous voir il y a quelques jours. J'ai vu Van, et Ian, qui tournicotaient dans le coin. Vous les connaissez bien ?

— Pas très bien. Je les ai rencontrés... à la suite de cette tragédie. Van, d'après ce que j'ai compris, est avocat ou quelque chose dans ce genre.

— Je crois, intervint Frère Herschel, qu'il a, parmi ses relations, quelques crapules. C'est ce que j'en suis arrivé à penser, du moins.

Nick dit :

— La première de ses fréquentations peu recommandables, c'était Doolittle. Je ne vois Van que deux ou trois fois par an. Je ne connais pas Ian du tout. Il vit dans les montagnes avec sa grand-mère. Personne ne les voit beaucoup, ni l'un ni l'autre.

— Une famille soudée, dis-je.

— Pas vraiment la mienne, rétorqua Nick.

— Non, dis-je.

Nick m'observa dans le rétroviseur pendant un moment, et il dit :

— Je voudrais vous demander quelque chose.

Je m'appuyai contre mon dossier.

— J'ai besoin de repos, dis-je.

Frère Herschel, le vieux pacificateur, hocha la tête.

— Je pense que nous devrions laisser cet homme se reposer, Nick.

Nick n'ajouta pas un mot, mais lorsque nous arrivâmes dans mon allée, une heure plus tard, il m'accompagna jusqu'au porche. Je déverrouillai la porte d'entrée et Nick resta là à me regarder.

— Merci de m'avoir ramené, dis-je.

Il se raidit un peu comme s'il se mettait au garde-à-vous devant son supérieur.

— Il faut que je vous dise qu'il y a eu des rumeurs troublantes qui ont circulé à l'église ces derniers jours.

— À quel sujet ?

— À votre sujet. Frère Herschel est trop poli pour en faire état. Je ne suis pas aussi poli. Je suis direct. Cela vous ennuie si je suis direct avec vous, tout de suite, Frère ?

Je m'appuyai contre la porte.

— Non, Nick, je vous en prie, soyez direct.

— Gabriel Card m'a informé du fait que sa sœur vous a retrouvé à l'école à côté de la maison de sa tante il y a quelques jours.

— Oui.

Il pencha un peu la tête.

— Y a-t-il autre chose concernant cette rencontre que vous jugez pertinent de me dire ?

Je retroussai ma lèvre inférieure éclatée et dis :

— Non. Je suis son aumônier. Y a-t-il quelque chose de bizarre dans le fait qu'un aumônier rencontre une jeune personne qui vient de subir une perte traumatisante ?

— Si la rencontre a lieu en privé, oui.

— On ne pourrait pas la qualifier de privée. C'était dans un lieu public, un lieu public d'où elle m'a appelé en me demandant de l'y retrouver. Vous-même m'avez encouragé à lui parler. Je ne vois pas en quoi Gabe aurait des raisons de s'inquiéter.

Nick me lança un regard furieux.

— Gabe semble penser qu'il y a quelque chose entre vous deux.

Je lui rendis son regard courroucé aussi longuement que possible, puis je fis cliqueter mes clés et m'absorbai dans la contemplation de mon trousseau.

— Ridicule, dis-je.

— Elle est venue vous voir à l'hôpital, dit-il.

— Vous aussi.

— Il n'y a pas de rumeurs qui circulent nous concernant, vous et moi, fit-il remarquer.

— Vous lui avez parlé ? demandai-je.

Nick croisa les bras comme un père désapprobateur.

— Oui, j'ai interrogé Angela et, non, elle n'a rien à dire. Mais ses amis semblent tous penser qu'il y a quelque chose de bizarre chez elle.

— Bon sang, Nick, ses parents viennent d'être assassinés.

— Ils ont l'air de penser qu'il se passait quelque chose avant ça.

— Je ne sais pas ce que vous voudriez que je dise.

— Pour commencer, je voudrais que vous me regardiez dans les yeux et que vous me disiez qu'il n'y avait rien entre vous et Angela Card.

Je levai les yeux vers lui et dis :

— Il n'y avait rien entre Angela Card et moi.

Nick leva ses épais sourcils.

— Je vois, dit-il sèchement.

— Mon Dieu, fis-je. Vous ne m'aimez vraiment pas.

— C'est juste qu'il y a eu des rumeurs troublantes ces derniers jours. Je ne sais pas quoi en faire. Vraiment pas. J'y réfléchis encore, j'essaie de comprendre. Et maintenant, cette affaire avec Doolittle… Et voilà que ce soir, je vous vois avec Van. Tout cela est très…

— Très quoi ? dis-je. "Tout cela est très"… quoi ?

Les épaules de Nick se raidirent.

— C'est suspect, Geoffrey. Tout cela est très très suspect.

— Peut-être que vous devriez prier.

Nick me regarda comme s'il avait envie de me mettre son poing dans la figure.

— Je prie. Et beaucoup de gens prient.

— Bien. Je suis heureux d'apprendre que vous n'êtes pas du genre à vous précipiter pour crucifier un homme sur la base d'insinuations et de mensonges.

Nick enchaîna.

— Je vous demande de ne pas adresser la parole à Angela jusqu'à ce que ce soit résolu.

— Je vois. Et pourquoi obéirais-je ? On dirait bien que je suis déjà condamné.

— C'est la meilleure chose à faire. Sa tante est d'accord. Lorsqu'elle a emmené Angela vous rendre visite à l'hôpital, elle n'avait pas été informée de tous les tenants et aboutissants de la situation.

— L'auriez-vous informée de tous les tenants et aboutissants de la situation ?

— Oui, Geoffrey.

— Je vois.

Nick sourit. Ce fils de pute sourit. J'étais comme un papillon accroché par une épingle plantée dans le thorax. Il dit :

— À plus tard.

Je lui lançai un regard trop long avant de finalement parvenir à dire :

— OK.

Il pivota pour retourner à sa voiture.

Je l'interpellai.

— Vous ne m'avez jamais aimé, Nick.

Il se tourna à demi pour me dire :

— Il ne s'agit pas de vous et moi, Frère. C'est peut-être là que se trouve le problème : vous pensez qu'il s'agit de vous et moi.

Et il partit.

Frère Herschel me regardait fixement à travers le pare-brise, son visage aimable aussi indéchiffrable qu'un sac en toile de jute. Je fis un signe de la main. Il ne me répondit pas.

Chapitre 25

J'ÉTAIS debout au milieu de mon salon. Je restai planté là comme un idiot. Mon cou me faisait mal à hurler, mais je ne pris pas de médicament. Je restai là, à réfléchir, mais c'était comme réfléchir en plein milieu de l'épicentre d'un tremblement de terre. Les Card étaient morts ; Doolittle Norris était mort ; Ian et sa grand-mère étaient morts ; l'église était sur le point de me mettre à la porte ; et Angela, ma douce Angela, semblait avoir peur de moi. Tout était en train de se déliter, et à une vitesse telle que j'arrivais à peine à suivre.

Il n'y avait aucun espoir de restaurer l'unité de l'assemblée, pas avec l'enquête sur l'accident de Doolittle, ni avec les rumeurs concernant les relations entre la fille mineure du pasteur et moi qui compromettaient la chose totalement. Bon Dieu. Si Nick savait, je pouvais être certain que tout le monde était au courant. Il avait cherché activement quelque chose qui lui permettrait de se débarrasser de moi, et je le lui avais servi sur un plateau, non pas une fois, mais deux ou trois fois.

Et bien sûr, rien dans toute cette merde n'avait la moindre importance, de toute manière, par "cette merde", j'entends toute ma vie de merde – parce qu'il me restait encore à gérer Van Norris. Il m'avait laissé partir, mais cela paraissait trop facile. S'agissait-il de me lâcher de sorte que ce soit moi qui porte le chapeau pour Ian et Bertie Mae Norris ? C'était presque sûr. Arriverais-je à faire valoir que je n'avais tué ni l'un ni l'autre ? J'en doutais. Je plongerais quand même pour le meurtre de Ian. Cela n'arriverait que si Van décidait de laisser la justice m'arrêter. Je représentais encore un danger pour lui. Je courus à la fenêtre et regardait Church Street. Tout paraissait calme, mais il avait peut-être déjà envoyé du monde. Ou peut-être les flics étaient-ils déjà en route pour venir m'interroger sur Doolittle et les Card. D'une manière ou d'une autre, si je restais en Arkansas, j'étais un homme mort. Bon Dieu. Ce que je pouvais espérer de mieux, si tout se passait bien, c'était de me faire défroquer et jeter en prison pour détournement de mineur.

Je me précipitai dans la chambre. Je ne réfléchis pas. Je ne réfléchis pas pendant des jours. À partir de là, j'allais marcher à l'instinct.

Je jetai des vêtements et quelques objets indispensables dans une petite valise que ma grand-mère m'avait donnée et y ajoutai certains de mes films. Puis je vidai ma réserve "en-cas-de-coup-dur" planquée au fond d'une boîte de macaroni au fromage, dans le placard. Je n'y avais que deux cents dollars, à peu près. Il faudrait que je m'arrête au distributeur en quittant la ville pour vider mon compte. Si ma dernière mensualité pour la voiture n'avait pas encore été prélevée, j'avais huit ou neuf cents dollars. J'aurais besoin de tout. J'enfilai un manteau et fourrai le pistolet de Mme Norris dans une poche, le joli couteau à découper de ma grand-mère et son fourreau dans la doublure du manteau. Je maudis ma situation financière. Frère Card m'avait convaincu de mettre un paquet d'argent dans des bons du trésor. Un investissement sûr, disait-il. Bonne gérance des bienfaits du Seigneur.

Connard. Aujourd'hui, j'aurais pu partir avec plus de mille dollars.

Lorsque mes affaires furent prêtes, je fis un dernier tour de la maison.

J'allai à la porte de derrière et l'entrouvris. Je jetai un coup d'œil et, sentant qu'il n'y avait personne, je sortis doucement. L'air était piquant et froid, comme lorsque Ian et Van m'avaient emmené dans les bois. Je ne sentais plus le froid ni la douleur dans ma poitrine et dans mes os. L'adrénaline me faisait avancer. Je restai courbé sous le niveau des rebords de fenêtres du salon et approchai à pas de loup du devant de la maison. Il n'y avait pas la moindre voiture. Pas de pick-up. Pas de fourgonnette. Personne ne surveillait la maison.

Je montai dans ma voiture et démarrai. J'aurais pu quitter la ville sur-le-champ, et qui sait alors ce qui aurait pu se passer ? Mais j'allai chez Angela.

Il est difficile de dire quels étaient mes sentiments pour elle à ce moment-là. Je ne pensais pas à l'amour, et je ne pensais pas au désir. Mais j'avais peur. Je crois que j'avais juste envie de quelqu'un avec moi.

Lorsque j'arrivai là-bas, je ne vis pas la voiture de sa tante dans l'allée. Je me garai et attendis quelques secondes. J'avais trop peur de sortir de la voiture. J'avais trop peur de m'en aller.

La porte d'entrée s'ouvrit alors, et elle sortit. Son épais manteau était boutonné jusqu'au cou, et elle portait un bonnet en laine. Je descendis ma vitre.

— Qu'est-ce que tu fais là ? demanda-t-elle.

— Je suis venu te voir.

— J'ai entendu dire que tu étais sorti de l'hôpital, dit-elle. Je voulais te voir.

Elle regarda tout autour d'elle comme s'il pouvait y avoir quelqu'un en train de la surveiller.

— Qu'est-ce que tu fais ? lui demandais-je.

— Je viens de te le dire.

— Non. Pourquoi tu regardes partout ?

Elle leva ses deux mains.

— Tu es bizarre. Qu'est-ce que tu fais ?

— Allez, viens.

Je lui fis signe de monter.

— Et là, tu vas où ?

— On ne peut pas parler ici. Monte dans la voiture. Je te raconterai tout en conduisant.

— Je ne veux pas monter en voiture avec toi.

Je lui dis :

— J'ai froid, Angela. J'ai mal au cou. Et j'ai des ennuis. S'il te plaît, monte dans la voiture pour que nous n'ayons pas à parler dehors.

— Pourquoi on n'irait pas dans la maison ?

— Parce qu'on ne peut pas, ma chérie. S'il te plaît, viens. Je ne t'ai pas parlé depuis des jours, et c'est tout ce que j'ai envie de faire.

Elle regarda autour d'elle à nouveau. Je l'observai. J'avais toujours pu lire en elle comme dans un livre ouvert et tout était écrit sur son visage. L'attraction. J'étais son premier et unique amant. J'étais tout ce qui lui restait depuis la mort de ses parents, et, malgré tout ce qu'elle pouvait penser ou craindre, elle voulait désespérément croire en moi et m'aimer. Je pouvais encore faire en sorte que ça arrive.

Elle ferma les yeux pendant un moment, les rouvrit, puis elle contourna la voiture et monta.

Lorsqu'elle s'installa, je ne regardai pas autour pour voir si les voisins étaient en train de nous épier, planqués derrière leurs fenêtres. Ils devaient y être. Je le savais. La nouvelle de ma fuite avec la fille Card allait se répandre comme une traînée de poudre dans toute la ville. Les paroissiens le sauraient, les flics sauraient. Tout n'était plus que cendres.

— Il faut que nous quittions la ville, dis-je.

Je reculai et m'engageai sur la rue.

— Je ne quitterai pas la ville, dit-elle tout net.

On aurait dit qu'elle avait quarante ans.

— Si ton projet, c'est de m'emmerder loin d'ici, tu peux t'arrêter tout de suite.

Je me passai la main sur le visage. Nous atteignîmes les dernières maisons du quartier. Quelques minutes plus tard, nous passâmes à côté d'une église et je secouai la tête.

Elle me regardait, et il m'était impossible de conduire et en même temps d'examiner son visage, mais j'avais l'impression qu'elle était inquiète à mon sujet.

— Ça va ? Ton cou ?

— Ça fait mal. (Je lui montrai les attelles sur ma main gauche.) J'ai trois doigts cassés.

— Que s'est-il passé ?

Je secouai la tête. Je savais que je pouvais y arriver. Je pouvais lui raconter une histoire et la lui faire gober. Je pouvais encore m'en sortir. Mais j'avais besoin d'énergie. J'avais besoin de désir. Et à cet instant précis, j'étais vide. J'étais effrayé. Je ne pouvais pas réussir mon coup.

Elle regarda en direction du siège arrière et elle vit la valise.

— Tu t'enfuis ?

— Oui, répondis-je.

— Pourquoi tu t'enfuis ? me demanda-t-elle.

— Il y a des gens qui veulent me tuer. D'autres parlent de toi et moi. D'autres veulent me jeter en prison. Beaucoup de gens cherchent à me faire des tas de choses.

— Les gens savent, pour nous ?

— Ce n'est pas toi qui leur as dit ?

Elle fronça les sourcils.

— Je l'ai dit à mon frère.

Un autre soir, j'aurais peut-être pu encaisser la nouvelle sans broncher. Mais j'étais fatigué, effrayé et j'avais mal.

— C'était idiot.

— Ne me traite pas d'idiote.

— C'était incroyablement idiot, putain !

— Ne me traite pas d'idiote. Je ne suis pas idiote. Tu crois que je le suis, mais je ne le suis pas.

— Alors, pourquoi tu en as parlé à ton putain de frère ? Ça te paraissait une bonne idée ?

— Je ne t'ai jamais entendu parler comme ça avant, en utilisant "putain" tout le temps.

Je secouai la tête. Je regrettais d'être passé la prendre.

— C'est ça qui t'inquiète ? Dans un moment comme celui-ci, tu t'inquiètes parce que je jure ?

Elle resta là, silencieuse, pensive.

— Où allons-nous ?

— Je conduis sans but. Ne t'inquiète pas, je ne vais pas t'enlever. Je ne sais pas ce que tu penses de moi, mais je ne vais pas te forcer à quitter la ville contre ta volonté. Tu peux rester ici avec ton frère, Nick et tous les connards de l'assemblée.

— Tu dis ça comme si ce n'était pas des gens bien, dit-elle.

— Ce n'est pas le cas ?

— Ils sont meilleurs que toi, grogna-t-elle.

Je passai à côté d'un parc de mobile homes et le long d'une unique rangée d'arbres

— C'est gentil, ça. Maintenant, tu me détestes.

Elle regarda derrière nous.

— Où allons-nous ?

— Nulle part. Je te l'ai dit, je me balade.

Nous passâmes à côté d'une minuscule casse auto perdue au milieu des champs, puis, il n'y eut plus rien que des arbres soutenant le ciel étoilé surchargé.

Angela regardait fixement mes phares fouillant les ténèbres glacées qui se déployaient devant nous.

— Je veux rentrer à la maison, dit-elle.

— Je vais te ramener chez toi.

— Arrête la voiture, m'ordonna-t-elle, mais sa voix s'était mise à trembler un peu. Fais demi-tour et ramène-moi à la maison tout de suite.

— Ne sois pas comme ça. Détends-toi. Il y a des choses dont il faut que nous discutions.

Elle me regarda fixement, mordillant l'intérieur de sa joue.

— Tu m'emmènes où ?

— Je ne t'emmène nulle part. Nous nous baladons en bavardant.

Avant que j'aie le temps de comprendre ce qui se passait, elle se mit à pleurer.

— Pourquoi tu pleures ?

— Parce que tu me fais peur. Tu continues à conduire alors que je t'ai dit que je voulais rentrer à la maison.

— Arrête de faire l'idiote, lui dis-je. Il ne va rien t'arriver de mal. Tu sais que je ne te ferais jamais de mal, n'est-ce pas ?

Elle regarda derrière nous, mais il n'y avait rien que les ténèbres et la lueur rouge de mes feux. Elle se mit à sangloter plus fort. J'en fus très contrarié.

— Il faut que tu arrêtes ça, dis-je.

— Je ne suis plus fâchée contre toi, d'accord. S'il te plaît, ramène-moi à la maison.

— Pourquoi est-ce que tu continues à pleurer ? Bon Dieu. Reprends-toi.

— S'il te plaît, ramène-moi à la maison, dit-elle. Je ne dirai à personne que je t'ai vu. Je dirai à Gabe et Nick que je mentais.

— Nick ?

Elle secoua la tête.

— Tu as parlé à Nick ?

— Non.

— Tu viens juste de dire son nom. Pourquoi tu viens de dire son nom ? Tu as dit Gabe et Nick.

— Je ne lui ai rien dit. J'ai parlé à Gabe et je crois qu'il l'a dit à Nick. Mais peut-être que non, peut-être que non.

Je donnai un coup de poing sur le volant.

— Et merde ! hurlai-je. Qu'est-ce qui t'a pris de faire une chose pareille ? Tout ce que j'ai fait, c'était pour qu'on puisse être ensemble. Il y a des gens qui me poursuivent. La famille Norris. Tu sais qui ils sont ? C'est la famille du shérif Norris, et tu sais pourquoi ils sont après moi ? Tu le sais ? Parce que je l'ai tué, Angela. Je n'en avais pas l'intention, mais je l'ai tué pour nous protéger. Il voulait le dire à tout le monde, pour toi et moi.

Elle pleurait à chaudes larmes, maintenant, les deux mains sur le visage.

— S'il te plaît…

— Mais tu l'avais déjà dit, à Gabe et à Nick.

Elle émit un vacillant "s'il te plaît", à nouveau. Ça commençait à devenir agaçant.

— Pourquoi tu as peur ? demandai-je.

— S'il te plaît... (Elle tremblait.) Je ne devrais pas être ici. Ils ont dit que je ne devrais pas te revoir. Je ne devrais pas être ici.

— Pourquoi as-tu peur de moi, Angela ? Parle-moi. De quoi as-tu peur ? Que penses-tu savoir ? Quel genre d'idées Nick t'a fourré dans la tête ?

Elle essayait encore de dire "s'il te plaît", mais ça ne sortait pas à cause de ses sanglots. Lentement, elle se mit à faire de l'hyperventilation. En quelques secondes, elle soufflait et haletait.

— Bon Dieu, arrête, dis-je. Prends une grande inspiration et parlons de tout ça. Est-ce que tu as entendu ce que je viens de dire ?

Lorsqu'elle émit un nouveau "s'il te plaît" plaintif, je m'écriai : "Bon Dieu !", fis une embardée jusqu'au bas-côté et mis la voiture en position park.

La terrre volait dans le faisceau de mes phares.

Sa respiration empira, comme si elle agonisait.

— Arrête de faire ça !

— S'il te plaît, toussa-t-elle.

— Arrête de dire "S'il te plaît" comme si j'étais en train de te faire du mal. Tu te calmes et tu m'expliques pourquoi tu es si contrariée. On peut se sortir de tout ça ensemble. Tu crois que tu sais quelque chose de terrible, c'est ça ? Mais ce n'est pas vrai. Tu as eu de mauvaises informations et tu as écouté les mauvaises personnes et rien, absolument rien, n'est vrai. Ils veulent juste me prendre l'église. Ils veulent juste te prendre à moi.

Elle prit une grande inspiration et ferma les yeux.

— Bien, dis-je. Maintenant, ouvre les yeux et regarde-moi.

Elle ouvrit les yeux. Elle me regarda.

Je ne sais pas ce que je voulais qu'elle voie. Peut-être espérais-je qu'elle ouvrirait les yeux, qu'elle me regarderait et qu'elle verrait, à quel point, malgré tous les malheurs qui s'étaient produits, je l'aimais vraiment.

Mais lorsqu'elle ouvrit les yeux et posa son regard sur moi, je sus instantanément que je l'avais perdue. Elle devint blanche, vide, Angela vidée d'Angela, et sur son visage se lisait tout le dégoût horrifié que je provoquais chez elle. À cet instant, son visage parut absorber tous mes péchés. C'était comme si je me regardais dans un miroir pour la première fois et que je découvrais que j'étais un monstre.

Elle tâtonna sur la portière, qui s'ouvrit, et elle tomba. Je sortis avec peine de mon siège. Aucun de nous deux n'émettait le moindre son. Nous avions dépassé le stade des mots. Lorsque je sortis de la voiture, elle était déjà en train de courir vers les bois, ses pas faisant crisser l'herbe. Nous courions dans la pâle lumière des phares, sa longue ombre frénétique tremblant dans les arbres. Lorsque je m'approchai d'elle, mon ombre avala la sienne.

Je la rattrapai à l'orée du bois. Elle se retourna, hurla et me donna un coup de poing au visage. La douleur descendit dans mon cou, le long de mon dos et dans mon ventre, mon entrejambe. Je m'écroulai dans les feuilles humides et elle se remit à courir. Je me forçai à me lever et je repartis à sa poursuite. Ce n'était pas facile. Mais son bonnet était tombé, ses cheveux volaient librement dans son sillage. Je les saisis et la fis tomber.

Je sortis le couteau. Elle gémit, donna des coups de pied et me mordit, mais je la poignardai trois fois dans la poitrine et il n'en fallut pas plus. La troisième fois je l'eus pour de bon, et elle cessa de se débattre, resta allongée là et se vida de son sang. Il fallut un moment, et nous restâmes dans le fossé glacial, et elle mourut rapidement – mais pas aussi rapidement que ses parents. Sa tête était renversée en arrière, dans la boue, et ses dernières expirations froides s'accélérèrent. Elles se raccourcirent. La dernière fut un mince filet d'air qui s'attarda sur sa lèvre supérieure avant de se dissiper dans l'air nocturne.

Je restai là un moment après qu'elle fut partie et regardai ma propre respiration. Enfin, je me levai. Je sortis le couteau de son corps, et il s'accrocha dans son manteau. Je dus le détacher et ce faisant, je me coupai. Pas profondément, mais je m'entaillai la peau sur le dos de la main gauche.

Je nettoyai le couteau sur son manteau et la laissai là, allongée sur le dos, les yeux ouverts vers le ciel nocturne sans nuages, vers l'étendue infinie d'étoiles tremblantes.

Partie 3 :

Le pire homme de la terre

Chapitre 26

— Et voilà, j'ai tout dit, me dit Webb. (Dans la lumière du tableau de bord, son visage était vert pâle et ses yeux étaient noirs.) Après ça, j'ai disparu. J'ai vidé mon compte en banque et je suis parti vers l'ouest, restant sur les petites routes, me garant dans les bois le jour et roulant la nuit. J'entendis parler de moi quelques jours après mon départ, à la radio. Mon nom, une description, la marque et le modèle de ma voiture. Au début, on pensa qu'Angela s'était enfuie avec moi, mais à l'aube du troisième jour après ma disparition, son corps fut découvert par des prisonniers qui ramassaient les ordures. Je continuai à rouler, changeant mes plaques d'immatriculation deux ou trois fois, roulant lentement, sans prendre de risque, faisant le plein la nuit, et évitant les gens le plus possible. Je finis par échouer à l'entrée d'une vilaine petite ville au Texas. Il n'y avait pas beaucoup de curieux, mais je savais que je courais un risque en gardant ma voiture. Je partis dans les bois, j'enterrai les plaques et brûlai la vignette et les documents de l'assurance. Puis je recouvris la voiture de branches. Il me fallut longtemps, à pied, pour gagner l'agglomération la plus proche et trouver un bus Greyhound, mais cela ne faisait qu'augmenter les chances pour que ma voiture ne soit pas découverte tout de suite. Lorsque je trouvai enfin un autocar, je partis vers l'ouest.

— Pourquoi on est de retour en Arkansas ?

C'était la première chose que je disais depuis longtemps et ma voix était éraillée. C'était étrange d'entendre à nouveau le son de ma propre voix. On était en Arkansas depuis deux ou trois heures. On était arrivés par l'Oklahoma, passés devant les contreforts des Ozarks, où, j'imagine, Doolittle Norris avait essayé de tuer Webb. On avait traversé Little Rock, une petite ville au bord d'une petite rivière. Ensuite, il avait pris une sortie, et on était dans une zone pourrie aux abords de la ville. Rien que des fast-food, des boutiques de prêteurs sur gages et des bureaux d'encaissement de chèques.

On passa devant un panneau, avec une gigantesque reproduction d'un billet de un dollar sur lequel il était écrit : DES DOLLARS GRATUITS POUR VOUS.

— Pourquoi diable tu voudrais revenir ici ? demandai-je.

Cette fois, ma voix resta ferme.

— Je vais y arriver dans une minute, dit-il. Je me suis fait pousser une barbe, j'ai teint mes cheveux en blond et je me suis habillé comme un clochard. Je suis devenu un clochard avec le flingue de Bertie Mae dans une poche et un peu moins de mille dollars dans l'autre. Je me suis mis à errer. Je ne sais pas comment ça se passe avec les autres fugitifs, mais je n'ai jamais eu beaucoup de mal pour éviter les flics. Je me contentais de rester à l'écart. Je mangeais quand il le fallait, allais d'un endroit à l'autre, dormais la journée, et je ne sortais que la nuit. Quelque part dans le sud de la Californie, un clodo m'a tabassé et m'a pris mon arme et un peu de mon argent, mais je conservais la plus grande partie dans une chaussette. La plupart des gens se contentaient de détourner le regard lorsqu'ils voyaient ma démarche oscillante, ma silhouette sale, traînant les pieds, devant eux.

“Chaque jour, je m’inquiétais de me faire prendre, mais, un après-midi, j’étais assis à l’extérieur d’un petit restaurant routier, en train de finir une barre de chocolat que j’avais trouvée à moitié mangée dans une benne à ordures, lorsque j’entendis les nouvelles diffusées dans un mini-van garé au bord du trottoir. L’homme qui conduisait le mini-van était en train de gonfler son pneu pendant que sa femme et ses enfants étaient à l’intérieur pour faire le plein de couenne de porc soufflée et de Mountain Dew. Sa portière était ouverte, et le présentateur à la radio disait que ma voiture avait été retrouvée et identifiée positivement dans un carambolage impliquant trois voitures dans le désert à côté de Twentynine Palms. Le corps à l’intérieur était le mien, semblait-il.

“Il me fallut un moment pour reconstituer toute l’histoire, mais je compris qu’un vagabond était tombé sur ma voiture, avait essayé de la démarrer, avait probablement eu la surprise de constater qu’elle marchait et était parti vers le couchant. Et ensuite, quelque part près de la base des marines à Twentynine Palms, il s’était retrouvé dans un accident affreux et était mort brûlé.

— T’as un bol de cocu, dis-je. J’ai jamais été aussi chanceux de toute ma vie.

— Oui, au départ, je trouvai que cette nouvelle avait quelque chose de miraculeux, mais je ne suis même pas arrivé à la partie “chance” encore. Bien sûr, ils comprirent assez vite que ce n’était pas moi, dans la voiture. Mais c’est alors que le truc le plus improbable arriva. Il s’avéra que le type de la voiture était recherché pour deux meurtres dans le Nevada. Lorsque les flics trouvèrent mon sang dans la voiture, provenant de la coupure sur la main que je m’étais faite le soir où j’avais tué Angela, ils supposèrent que j’avais été tailladé quelque part. Ils continuèrent à me rechercher pendant un moment, mais ils finirent par faire une croix sur moi assez vite.

“Un an environ après l'incendie et la découverte du corps calciné dans la voiture, je finis par cesser de fuir et j'atterris dans le nord. C'est là que je commençai à vivre comme un termite. Peu importe où vit le termite. Je restai dans le noir et je mangeai. Je remplaçai l'ambition par la nourriture. Je consommai de la nourriture bon marché en quantités industrielles, je grossis, je fumai des cigarettes, je regardai de la pornographie et je vécus dans un état de pauvreté crasseuse.

— Depuis combien de temps tu fais ça ?

— Des années.

— Et pourquoi tu es ici aujourd'hui ?

— Parce qu'il y a deux ou trois nuits, j'ai vu Oscar.

— Oscar… le gamin pour qui Angela en pinçait ?

Webb hocha la tête.

— Dans un coin minable d'une sombre petite ville de merde à deux mille kilomètres de l'Arkansas, il a franchi le seuil du supermarché où je travaillais.

— Peut-être qu'il ne t'a pas remarqué.

Webb secoua la tête.

— Il m'a regardé droit dans les yeux. Il lui a fallu un moment, mais il a retrouvé qui j'étais. Je ne l'ai pas reconnu immédiatement, non plus. La dernière fois que je l'avais vu, il était adolescent. C'est un homme aujourd'hui, qui perd ses cheveux et commence à avoir du bide. L'espace d'un instant, nous nous sommes trouvés dans cette situation où on sait qu'on connaît la personne, mais où on n'arrive pas vraiment à la replacer. Et ensuite, il a souri de son sourire d'albâtre crétin, et j'ai compris tout à coup. Oscar. Le stupide, le bel Oscar. Et au même moment, sous la barbe et sous la graisse, avec la distance des années, avec l'inquiétude gravée sur mon visage, il m'a reconnu.

— T'en es sûr ? Est-ce que tu as dit quelque chose ?

— Rien, mais j'ai compris qu'il m'avait reconnu. Nous ne nous étions rencontrés qu'une seule fois, des années auparavant, mais j'avais tué une fille qui allait à la même école. J'avais tué les parents de cette fille et le shérif du comté. Maintenant, pensez-y de son point de vue à lui. Jadis, il a rencontré Geoffrey Webb, le tueur en série impitoyable qui est recherché partout en Arkansas et au Texas, et il m'a serré la main. Il raconte probablement cette histoire le soir dans les soirées – "Comment j'ai rencontré le tueur à l'église". Lorsqu'il m'a vu au magasin, il est devenu tout blanc et son sourire est tombé comme une guillotine. Il s'est empressé de sortir, et j'imagine qu'il a attrapé le téléphone avant même de rejoindre sa voiture.

— Qu'est-ce que t'as fait ?

— J'ai enlevé mon tablier et je suis parti par la porte de service. J'ai couru.

— C'était quand ?

— Il y a deux jours. Depuis, je ne cesse de courir. Je réfléchis. Pour la première fois depuis des années. J'avais débranché mon cerveau, ma vie, je m'étais transformé en une créature réduite à une bouche et un estomac distendu. Mais au moment où Oscar a franchi le seuil, je me suis dit : "Mon Dieu, c'est Oscar." Et depuis que j'ai eu cette pensée, mon esprit est comme un bateau qui prend l'eau. Tout a commencé à partir à vau-l'eau, et ça ne fait qu'empirer. Maintenant que la police sait que je suis vivant, elle va me traquer, et elle n'arrêtera pas avant de m'avoir trouvé.

Il prit Church Street. C'était un quartier plus joli, plus résidentiel. Des petites maisons avec un jardin. Au bout d'un moment, nous passâmes devant l'Église Baptiste pour une Vie Meilleure. Elle était plus petite que ce que j'avais imaginé. Difficile à croire, quand on regardait le clocher écaillé et l'inscription miteuse devant, qu'on puisse tuer quelqu'un pour prendre le contrôle d'un endroit pareil. Mais j'imagine qu'on a tué pour moins que ça.

Il s'arrêta à un feu rouge. Quelque part par ici, il avait tué toute la famille Card. Les gens le connaissaient. Si Oscar l'avait vraiment reconnu, ils seraient tous au courant dans le coin. Les nouvelles ne parleraient que de ça. Les flics étaient peut-être en train de chercher sa voiture en ce moment même. Le feu passa au vert et un frisson me parcourut l'échine. J'avais rangé mon arme quelques heures auparavant, mais je la ressortis et me mis à la tapoter contre ma cuisse.

Il s'éloignait de la ville. Les maisons devenaient de plus en plus distantes. Bientôt, on se mit à longer une longue allée bordée d'arbres.

— Je me suis dit que je pouvais vivre comme un termite, dit-il. Je me suis dit que c'était ma punition. Vivre comme un insecte. Et alors, Oscar est apparu, et je me suis rendu compte que je ne pouvais même plus vivre comme ça.

— Qu'est-ce que tu vas faire ?

— Cela reste à voir, dit-il. “La conscience fait de nous tous des lâches.”

— Quoi ?

Il secoua la tête.

— Rien. Juste une citation d'un truc qui ne veut rien dire. Je ne veux pas vraiment mourir, mais je ne veux pas non plus vivre. (Il tourna dans une autre rue. Nous étions dans une zone complètement déserte.) Alors, d'une façon ou d'une autre, il faut que ça se termine.

— Qu'est-ce que tu veux dire ?

Il ralentit et se gara sur le bas-côté. Les pneus crissèrent sur le gravier, et il s'arrêta dans l'herbe.

Il mit la voiture en position PARK.

— Nous y sommes, dit-il. (Il se pencha et regarda à travers le pare-brise.) Je crois que c'est là, en tout cas. Mais il était tard, et je n'étais pas dans les meilleures dispositions d'esprit, à ce moment-là.

Il coupa le moteur et sortit de la voiture. Je sortis derrière lui, le revolver contre ma cuisse. Il se retourna et désigna, d'un mouvement de son menton adipeux, le portefeuille que je tenais dans mon autre main.

— Il y a trois mille dollars et quelques, dans ce portefeuille, dit-il.

Je glissai l'objet dans ma poche et dit :

— OK.

Je regardai autour de nous et vérifiai que personne ne nous observait.

La route asphaltée avait disparu dans les ténèbres, et, maintenant, les arbres nous entouraient de toutes parts.

Il leva les yeux vers les étoiles et prit une grande inspiration.

— C'est ici qu'elle est morte ? demandai-je.

Sans quitter des yeux les étoiles, il répondit :

— Ici que je l'ai tuée, oui.

— Alors, pourquoi t'es revenu ici ?

— Je veux mourir ici.

Je le regardai fixement.

Il dit :

— Ça me paraît approprié. Je mérite certainement de mourir, n'est-ce pas ?

— Ouais.

— OK.

Je ne le quittai pas des yeux.

— Pourquoi tu m'as amené ici ? dis-je enfin.

— Je crois que vous savez.

— Tu m'as amené ici pour que je le fasse à ta place ?

— Bien sûr.

— Pourquoi moi ?

— Pourquoi pas ? Vous étiez prêt à me tuer il y a quelques heures pour l'argent que contient mon portefeuille. Voilà, vous l'avez, maintenant.

Il restait de marbre.

— Vous pourriez le faire facilement, ajouta-t-il.

C'était là qu'il se trompait. Je n'avais jamais vraiment tué personne avant. Malmener quelqu'un en lui disant qu'on va lui faire sauter la tête, c'est facile. Cela faisait des années que je le faisais, plus ou moins régulièrement.

Mais il y avait autre chose. Ma main tremblait – je ne voulais pas qu'il le voie, mais elle tremblait si fort que je pouvais à peine tenir le pistolet.

— Votre main tremble.

— Pas grave, dis-je d'un ton sec. Tu peux le faire toi-même, j'ai pas besoin de me retrouver avec une accusation de meurtre au-dessus de la tête.

Il me lança un regard si dur que je dus détourner les yeux, puis ses yeux s'éclairèrent un peu et il dit :

— Vous savez quoi, je viens juste de réaliser. Je comprends, maintenant. Il m'a fallu un moment, parce que je suis épuisé, mais… Vous êtes un imposteur, c'est ça ?

— Quoi ?

— Vous n'êtes qu'une petite frappe. Vous malmenez des péquenauds bavards et vous vous faites croire que ça a un sens. Mais vous n'êtes qu'une petite frappe à deux balles qui n'a pas de couilles. Vous avez peur, et vous n'êtes qu'un grand parleur et un petit faiseur.

— Je t'emmerde, mec. Juste parce que je ne veux pas me retrouver la corde au cou à ta place…

— Vous pouvez rationaliser la chose comme vous voulez. Vous êtes un imposteur. J'ai toujours été un méchant faisant semblant d'être un homme bien, mais vous êtes encore plus pathétique que ça. Vous êtes un homme ordinaire faisant semblant d'être un méchant.

Il me rit à la figure, tourna les talons et repartit vers la voiture.

Pendant un moment, tout autour de nous resta silencieux, comme si le monde entier était mort. Tout ce que j'entendais, c'était ma respiration et ses pieds marchant dans l'herbe.

Il ouvrit la portière et un rai de lumière blanche coupa le champ comme un rasoir. Je gardai les yeux rivés sur le sol. Angela était morte exactement ici, s'était vidée de son sang sur l'herbe couverte de givre, les yeux rivés sur le ciel.

Lorsqu'il referma la portière, le champ fut instantanément replongé dans les ténèbres.

— Tu te sens mal ? demandai-je par-dessus mon épaule. À propos d'Angela, je veux dire. Tu te sens coupable de ce que tu lui as fait ?

Webb se retourna, tenant un pistolet. Cela attira mon attention.

— J'ai acheté ça à un type du boulot il y a deux ou trois ans. J'avais dans l'idée que je pourrais vider le chargeur face aux flics, le jour où ça se présenterait. (Il le brandit à deux mains, comme un objet qui lui était totalement étranger.) C'était idiot, vraiment.

Je ne quittai pas le revolver des yeux.

Webb prit péniblement une longue inspiration. Il se mit à déboutonner sa chemise.

— Le pire, dans tout ça, c'est que je ne me suis jamais vraiment senti coupable de rien dans ma vie. Pas vraiment. Pour une raison que j'ignore, je n'ai jamais... ressenti de culpabilité. (Il enleva sa chemise blanche et la laissa tomber sur le sol.) C'est pour ça que je n'ai jamais pu demander le pardon. De Dieu, je veux dire. Le monde est un trou à rats. Qu'est-ce qu'il y a à pardonner ?

Je n'avais rien à répondre à ça.

— Je m'en vais, dis-je. (Sans lâcher mon arme, je sortis son portefeuille et empochai tout le liquide sauf une centaine de dollars. Puis je le lui lançai.) Mets ça dans ton manteau. Je ne veux pas que les flics croient que tu t'es fait dégommer lors d'une agression, même temporairement.

Il laissa tomber l'objet par terre et dit :

— Vous ne croyez pas vraiment que je vais vous laisser partir, si ?

— Quoi ?

— Comment vous vous appelez ?

J'étais sur le point de lui dire d'aller se faire voir quand il leva son arme et la pointa sur moi.

— Votre nom ?

— Paul.

Il fit un commentaire, mais le sang se mit à battre dans mes oreilles et je ne compris pas.

— Tu n'as aucune raison de me descendre, dis-je.

Ma main était moite et le pistolet pesait comme un parpaing.

Il fit un pas vers moi.

— Tout le monde meurt, Paul. Même Jésus est mort. La mort n'a jamais eu besoin de raison. (Il fit un geste en direction de l'arme qui pendait, inutile, au bout de mon bras.) Vous avez des balles dans ce truc ?

— Oui, répondis-je.

La sueur me dégoulinait dans les yeux, et je l'essuyai de ma main libre. Je voyais son visage dans la lueur bleutée du clair de lune. J'avais envie de pisser.

— N'ayez pas peur, dit-il. Levez votre arme.

— Pourquoi ?

— Vous voulez partir de ce champ vivant ? demanda-t-il.

— Oui.

— Il va falloir le mériter.

De sa main libre, il enleva son maillot de corps. Je fis un pas en arrière.

— Qu'est-ce que tu fais ?

Il enleva ses chaussures et ôta son pantalon et son caleçon. Son ventre pendait jusqu'à ses cuisses.

— Souviens-toi que tu n'es que poussière et que tu redeviendras poussière, dit-il.

Sans cesser de pointer son arme sur moi, il s'agenouilla dans l'herbe, nu comme un ver.

Je ne bougeai pas.

— Pourquoi tu veux me faire faire ça ?

— Vous vouliez être un méchant, Paul. Eh bien, voilà votre chance de l'être. À partir de ce soir, vous pouvez cesser de simuler.

— Je ne suis pas un putain de meurtrier.

— Vous en serez un. Vous quitterez ce champ soit en meurtrier, soit les pieds devant.

Il baissa son bras tenant le pistolet.

J'hésitai. Je pris une grande inspiration.

Il fit une grimace et commença à relever son bras.

Je pointai mon arme sur sa poitrine et tirai ; la balle explosa si fort que je me pissai dessus. Mes yeux se fermèrent d'un coup et mes oreilles se mirent à siffler, mais je l'entendais gémir dans l'herbe devant moi. Je fis un pas en arrière, et il se mit à pleurer. Tout à coup, l'air nocturne empestait la poudre et le sang. Lorsque j'ouvris les yeux, il griffait l'herbe frénétiquement.

Je le laissai mourant au milieu du champ et courus vers la route. Le ruban d'asphalte se déroulait dans le clair de lune et disparaissait en lacets par-dessus une colline. Le sang me battait dans les oreilles. Je montai la colline, et ses cris et gémissements me poursuivirent comme un chien enragé. Plus je courais, plus ils résonnaient. Lorsque j'arrivai au sommet, Webb hurlait comme un homme qui aurait pris feu.

NEONOIR
parutions 2015

Mars 2015

PIKE – Benjamin Whitmer
EXÉCUTIONS À VICTORY – S. Craig Zahler
L'ENFER DE CHURCH STREET – Jake Hinkson

Mai 2015

CRY FATHER – Benjamin Whitmer
FRANK SINATRA DANS UN MIXEUR – Matthew McBride

Octobre 2015

DERNIER APPEL POUR LES VIVANTS – Peter Farris
CASSANDRA – Todd Robinson

IMPRIM'VERT®

CET OUVRAGE A ÉTÉ COMPOSÉ PAR
ATLANT'COMMUNICATION
AU BERNARD (VENDÉE).

ACHEVÉ D'IMPRIMER
SUR ROTO-PAGE
PAR L'IMPRIMERIE FLOCH À MAYENNE
EN JANVIER 2015
POUR LE COMPTE DES ÉDITIONS GALLMEISTER
14, RUE DU REGARD
PARIS 6e

Cet ouvrage est imprimé sur papier fabriqué à partir de bois provenant de forêts durablement gérées. (www.fsc.org)

DÉPÔT LÉGAL : FÉVRIER 2015
N° D'IMPRESSION : 87921
IMPRIMÉ EN FRANCE